사진사의 아내 · 지지

시도니가브리엘 콜레트 원작

안건우 옮김

리테레르

리테레르 1

초판 1쇄 발행   2025년 11월 11일

사진사의 아내 · 지지
La Dame du photographe · Gigi

원작 시도니가브리엘 콜레트
번역 안건우
출판 사소서사
인쇄 영신사

ISBN 979-11-979167-7-9 03860
출판등록 566-2022-000018
전자우편 editionsaso@gmail.com
인스타그램 @editionsaso

ⓒ 안건우 2025
이 책의 출판권 및 저작권은 역자에게 있습니다.
이 책에 담긴 저작물의 일부 또는 전부를 사용하려면 반드시 서면 동의를 받아야 합니다. 저작권자의 동의 없는 영리 목적의 행사 운영 및 영상물 제작 등의 2차 창작, 무단 배포 및 전재, 복사, 제본 등 일체의 저작권 이용 행위는 처벌될 수 있습니다.

리테레르는 프랑스 문학의 숨겨진 명작을 발굴하여 소개하는 도서출판 사소서사의 출판 브랜드입니다.

시도니가브리엘 콜레트

Sidonie-Gabrielle Colette, 1873-1954

시도니가브리엘 콜레트는 1873년 부르고뉴 생소뵈르앙퓌제에서 마르티니크 혈통의 어머니 시도니 랑두아와 세관이었던 아버지 쥘조세프 콜레트의 차녀로 태어났다. 콜레트의 위로는 오빠 레오폴드와, 어머니가 콜레트의 부친과 재혼하기 전에 가졌던 이복형제인 쥘리에트와 아실이 있었다. 이후 가계 곤란으로 1891년 콜레트 가족은 아실이 의사로 개업한 샤티용쉬르루앙으로 이주하고, 콜레트는 1893년 음악평론가이자 소설가로 유명했던 열네 살 연상의 앙리 고티에빌라르와 결혼한다. 콜레트는 결혼 이후 파리로 거처를 옮기고, 자신의 문학적 재능을 발견한 남편에 의해 남편의 필명인 '윌리'라는 이름으로 이른바 〈클로딘〉 연작에 속하는 여러 소설을 발표하여 큰 성공을 거두었다. 앙리가 콜레트의 허락 없이 소설의 판권을 매각한 것이 원인이 되어 1905년부터 콜레트는 별거 생활에 들어갔다. 이후 자신의 이름으로 소설을 발표하였으며, 조르주 바그의 도움으로 연극계에 입문하며 양성애적 성향을 발견하는 등 자유로운 활동을 이어갔다. 1910년 법적으로 앙리와 이혼한 콜레트는 경험을 바탕으로 『방랑하는 여인』을 발표하고 외교관인 필리프 베르톨트의 후원을 받아 폴 클로델, 장 지로두 등과 교유하였으며, 정치인이자 언론인인 앙리 드 주브넬의 도움으로 「르 마탱」지에 정기적으로 글을 실었다. 1913년 그와의 사이에서 외동딸인 콜레트 르네 드 주브넬을 얻었고, 남편의 외도 경험을 바탕으로 집필한 『셰리』를 1920년에 발표하여 큰 성공을 얻었으며 레지옹 도뇌르 슈발리에 훈장을 서훈받았다. 1923년 앙리 드 주브넬과 이혼한 콜레트는 『청맥』과 『셰리의 최후』 등을 발표하였으며, 1935년 사업가였던 모리스 구드케와 결혼하였다. 남편은 독일 제3제국의 파리 점령기에 유대인이라는 이유로 수용소에 구금되었다가 두 달만에 풀려나는 고초를 겪었다. 전시의 생계 문제와 지병인 관절염에 고생하던 콜레트는 『지지』를 비롯해 다양한 작품을 집필하고 여러 신문에 글을 싣는 등 더욱 적극적으로 집필 활동을 이어나갔는데, 비정치주의를 지향하던 그의 글이 진영을 막론하고 다양한 지면에 수록된 것이 비난의 대상이 되기도 하였다. 전후 1945년 아카데미 공쿠르의 회원으로 선출되었으며, 1953년 레지옹 도뇌르 그랑 도피시에 훈장을 서훈받았다. 1954년 숨을 거두었으며, 장례식은 프랑스 가톨릭이 그의 장례미사 집전을 거부함에 따라 여성으로서는 프랑스 공화국 최초로 국장으로 거행되었다.

안건우

몰리에르의 『날아다니는 의사 외』, 『사랑과 전쟁 외』, 『성가신 사람들 외』, 『스카팽의 간계 외』, 알베르 카뮈의 『계엄령』, 마리잔 리코보니의 『에르네스틴의 이야기』, 소피 게의 『아나톨』 등을 번역하였다. 경북대학교에서 불문학을 전공하였으며 현재 서울대학교 대학원에서 공연예술학을 연구하고 있다.

여는글

문학이 피난처가 될 수 있다면

1940년 6월 독일 제3제국군에 의해 파리가 함락되자 콜레트는 세 번째 남편 모리스 구드케와 함께 팔레루아얄Palais-Royal의 거처를 떠나 프랑스 중남부의 코레즈Corrèze로 향하는 피난길에 올랐다. 그곳에는 콜레트가 부자간의 염문 관계를 가졌던 주브넬 가문이 소유하고 있는 낡은 성이 있었다. 코레즈에서의 생활은 오래 가지 못하였다. 콜레트는 남편과 함께 파리의 거처로 돌아갔다. 군정청의 관할 아래 모든 여흥이 중단되고, 배급 경제로 전환되었으며 파리의 명소 곳곳에는 나치당의 깃발이 음산하게 나부꼈다. 함락된 파리에서 콜레트의 삶은 전과 큰 차이가 없는 듯하였다. 콜레트가 이룩한 '대작가'라는 명성은 군정청도 쉽게 조치할 수 없는 높이에 있었고, 작가 스스로도 비정치주의를 천명하며 정치와는 선을 그었으며, 무엇보다 그는 관절염에 고생하는 노년의 몸으로 살고 있었다.

전시의 궁핍은 대작가를 우회하지 않았다. 일흔의 콜레트도 생계를 위해서 악착같이 글을 써야만 했다. 그는 비정치주의의 엄호 아래 자신에게 지면을 허락하는 거의 모든 신문에 자신의 글을 기고하였다. 지면 중에는 친독일적 노선을 걸었던 일부 신문 또한 포함되었다. 대표적인 독일 협력 신문이었던 르 프티 파리지앵 *Le Petit Parisien*과 라 제르브 *La Gerbe*, 비시 프랑스 지역에서 발행되었던 극우 주간지 캉디드 *Candide*나 그랭구아르 *Gringoire* 지들이 그러하였다. 1941년 12월에는 모리스가 유대인이라는 이유로 게슈타포에 체포되었다가 콜레트가 남편의 석방을 위해 유력 인사들을 찾아가 백방으로 노력한 끝에 이듬해 2월에 석방되는 일도 있었다. 유력 인사 중에는 파리 주재 독일 대사였던 오토 아베츠도 있었다. 대사의 아내 수잔은 콜레트의 열렬한 지지자였다. 1941년 『순수와 비순수 *Le Pur et l'impur*』

를 재출간할 때에는 종이 배급 여건이 나았던 친독일적 색채를 띤 출판사에 원고를 넘겨야 했다. 이 출판사의 대표 루이 토마는 독일협력파이자 반유대주의자였다.

해가 지나며 제3제국의 통치도 점차 노골화 되었고, 1942년 5월 유대인을 대상으로 황색별의 패용이 의무화 되자 모리스는 파리를 떠나 안전한 지역으로 피신하였다. 황색별의 패용은 즉 모든 사회 활동에서 유대인의 배제를 의미하는 것이었다. 악화된 관절염으로 인해 남편의 보조가 없이는 이동이 불가했던 콜레트, 남편이 떠난 빈자리에는 공포가 자리하였다. 그의 작가적 명망이 언제까지나 신변을 보호할지 미지수였고, 레지스탕스의 대독 항전이 격화되는 동시의 제3제국의 압제도 더욱 심해졌다. 같은 시기 콜레트의 윗집에 거주하던 이웃 쉬잔 스파크Suzanne Spaak는 부모를 여읜 유대인 아이들을 자유 진영으로 은밀히 밀입국 시키는 일에 깊게 관여하고 있었다. 그 사실을 안 콜레트는 쉬잔에게 얼마의 돈과 함께 도움이 될 수 있는 연

락처를 전달했다. 두 아이의 어머니였던 쉬잔은 1943년 체포되어 이듬해 총살되었다. 연합군에 의해 파리가 해방되기 13일 전의 일이었다.

역사학자 베네딕트 베르제샤이뇽Bénédicte Vergez-Chaignon은 대독항전기 콜레트의 처신을 '이중 속내double fond'라는 표현으로 설명한다. 콜레트는 자신의 명성을 정치에 활용하려는 비시 프랑스가 마련한 행사에 생계를 위해 자리하면서도, 그 의도에 넘어가지는 않았다. 각종 대회의 심사위원으로 위촉되고, 비시 프랑스에 의해 원고 청탁을 받으면서도 콜레트는 전체주의와의 협력을 단호히 거절하였다. 콜레트의 전시 행적에 있어 가장 중요한 추문은 오히려 이곳저곳에서 구한 지면이었다. 1941년 6월부터 두 달간 연재한 소설 『쥘리 드 카르네이양*Julie de Carneilhan*』은 반유대주의 의혹으로 구설에 올랐다. 군정청의 독일어 기관지인 파리저 차이퉁*Parizer Zeitung*에 그의 인터뷰가 실리기도 했으며, 라 제르브에 그의 기고문이 게재되었을 때에는 레지스탕스를 이끄는 국민전선Front National의 신문 레 레트르 프랑세즈*Les Lettres françaises*에서 콜레트를 겨냥해 공개적으로 경고문을 실을 정도였다.

"나는 한 명의 여성에 불과하지, 한 명의 지식인은 아닙니다Je ne suis qu'une femme, je ne suis pas une intellectuelle."
콜레트는 자신의 명성이 가지는 무게와 의무를 간파할 줄 아는 사람이었다. 각종 지면에 기고한 글들이 일으킨 추문에 휘둘리는 와중에도 그는 자신의 문학관을 지키려 애썼다. 이 시기 콜레트는 당시 프랑스인들이 항시 그리워하였던 '황금기L'Âge d'or'를 배경으로 한 작품을 자주 썼다. 우리말로 옮겨 이 책에 수록한 「사진사의 아내」와 「지지」가 이에 해당하는 작품들이다.

「사진사의 아내」는 한 가정의 아내의 서사를 관찰자 시점에서 풀어내는 작품이다. 주인공은 '콜레트 부인'은 동향의 '드부아디 양'과 교유하다 그의 이웃인 '사진사의 아내'를 알게 된다. 하잘 것 없는 사진관을 남편과 함께 꾸리면서 빼어난 미모를 가진 그에 대해 주인공은 흥미를 느끼게 되고, 시간이 지날수록 사진사의 아내에게 어딘가 충분히 설명할 수 없는 음울이 존재함을 알아차린다. 그 음울이란 삶의 권태, 나이 듦의 공포 등으로도 설명 가능하지만, 그 실체를 독자가 파악하기에는 어렵다. 이후 음독 사건이 일어나고, 사진사의 아내가 깨어나 읊조리는 기나긴 독백을 통해 주인공과 독자는 그가 짊어져야 했던 인생의 무게 또는 공허함의 무게를 간파한다. 콜레트 특유의 암시와 은유가 관찰자 시점을 통해 극대화 되는 동시에, 여성들의 느슨한 연대와 돌봄을 통해 서로를 감싸는 모습이 인상적인 작품이다.

「지지」는 출간 즉시 프랑스 독자들로부터 선풍적인 인기를 끈 작품이다. 파리 해방 이후에는 영어로 소개되어 이 작품은 영미권에서 가장 아끼는 콜레트의 소설로도 알려져 있다. 작품은 황금기 화류계에 종사하는 삼대 여성

가정을 주제로 하고 있다. 특히 이 작품은 상류층에 속하는 '그랑 몽드grand monde'가 아닌 그 아래의 '드미몽덴demi-mondaine'을 배경으로 하고 있어 일상의 핍진성이 더욱 부각되어 있다. 남자 어른이 없는 집안의 딸 '지지'는 이제 막 소녀의 티를 벗어나는 과정에서 세상의 온갖 일이 궁금증 투성이인 아이다. 지지의 집안을 드나드는 유일한 남자 어른인 제당업자 '라사이유 씨'는 언론의 연예란을 시종 장식하는 사교계 인사지만, 정작 사회의 기준이 되는 방식의 사랑에는 관심이 없다. 그런 그가 어느 날 아이로만 여겼던 지지에게 사랑의 감정을 느낀다.

간략한 줄거리로만 보면 「지지」는 자본가 성인 남성이 미성년의 여성을 유인하여 연인 상대로 만들고자 하는, 불순한 서사를 가진 작품으로 읽혀질 만하다. 그러나 이 작품이 포르노그라피 소설로 취급되지 않는 이유에는 무엇보다 라사이유 씨의 교제 제안에 대한 지지의 '거부'가 있다. 지지의 거부는, 고전적인 화류계의 시대가 이제 저물고 있음을 상징적으로 보여주는 사건이면서도 교제 문제에 있어서 인습과 책무에 굴하지 않고 자기 결정권을 행사하는 주체적인 여성의 출현을 암시한다. 지지는 자본에 기댄 애정을 거부하며, 스스로 애정의 조건을 제시할 수 있는 인물로서 등장한다. 이는 오래도록 연애소설에서 되풀이 되어 온 '백마 탄 왕자' 서사에서의 수동적인 여성성을 정면으로 거부하는 작가의 선언이기도 하다.

독일 제3제국 점령 아래 프랑스 국민의 열독률은 상당히 높았다. 군정청이 읽을거리 외의 모든 여흥을 통제했기 때문이다. 이러한 시기 콜레트의 두 작품은 프랑스인들 저마다 품고 있는 황금기의 향수를 자극하는 한편, 내 나라가 침략 당했다는 비참한 현실에서 잠시나마 비껴날 수 있는 기회를 제공해 주었으리라 짐작할 수 있다. 사진사의 아내를 죽음까지 몰고 간 삶의 고뇌는 한 인격의 고귀한 품격을 역설하고, 볼품없는 처지에도 당돌한 선택을 실천한 지지의 결단은 자존심 짓밟힌 프랑스 독자들에게 작은 위로가 되어 주었을 것이다. 콜레트의 소설은 프랑스 독자들을 점령의 현실에서 잠시 벗어나게 해 주어 달콤한 향수 속에 위무하는 공간으로 기능한다.

사소서사의 프랑스 소설 시리즈 '리테레르' 기획을 준비하며 콜레트의 두 작품을 그 첫 작품으로 선정하기까지는 기나긴 고민의 그늘 아래에서 시간을 보내야 했다. 서둘러 출간하여 독자에게 소개하고픈 작품들이 여럿 있었으나, 세계 각국에서 콜레트를 다시금 회고하는 이 때, 한국어로 소개되지 못했거나 또는 소개된 지 오래 된 작품을 다시금 독자에게 권하는 것만큼 뜻깊은 일은 없을 것이다. 이에 콜레트 사후 70주년 되는 해에 두 작품을 번역하여 이 책에 싣는다.

2025년 8월

안 건 우

일러두기

▷ 책에 수록된 두 작품은 프랑스어 원문을 한국어로 완역한 것이며 각 작품의 번역에 사용한 저본과 참고본은 보유에 밝혀두었습니다.
▷ 프랑스어 원문에서 따옴표로 묶이거나 이탤릭체, 인용된 내용은 본문에서 모두 굵은 글씨로 강조 표시하였습니다.
▷ 본문의 주석은 원문에는 없는 것으로 모두 번역자가 덧붙였습니다. 주석에서 책이나 잡지 등의 표제는 겹낫표(『 』), 희곡 또는 단일 문학작품의 표제는 홑낫표(「 」), 회화 등의 기타 표제는 가랑이표(《 》)를 사용하였습니다.
▷ 작품해설이나 주석, 작가연표에 기재된 작품 표제는 국역본이 존재할 경우 이를 준용하되, 국역본마다 표제의 번역이 엇갈리거나 또는 번역되지 않은 작품의 경우에는 번역자가 새로 번역하여 기재하였습니다.
▷ 고유명사의 표기는 국립국어원의 외래어 표기법을 준용하였습니다.
▷ 인명의 경우 성 또는 이름만 표기할 경우 외래어 표기법에 맞추어 관사를 붙여 적었으며, 전체 인명을 표기할 경우 구분을 위해 관사를 띄어 적었습니다.

여는 글　　9

사진사의 아내　　23
　　La Dame du photographe
지지　　101
　　Gigi

작가연표　　222

사진사의 아내

La Dame du photographe

사진사의 아내라고 사람들이 부르는 그 여자는 자살을 결심하며 자신의 계획을 실현하기 위해 상당한 주의와 정성을 들였다. 그러나 독극물에 대한 경험이 전무하였던 그의 계획은 천만다행히도 수포로 돌아갔다. 이웃들은 안도했으며, 나 역시 그 동네에 살지는 않았지만 마음을 놓을 수 있었다.

예술사진 및 확대사진 전문인 아르망 사진관의 안주인 아르망 부인은 진주알을 꿰어 목걸이 만드는 일을 하는 드부아디 양과 같은 층에 거주하고 있었다. 내가 드부아디 양의 집에 놀러갈 때면 그 상냥한 사진사의 아내를 마주치지 않는 일이 없었다. 그 옛날에는 다른 사람들이 그랬던 것처럼 나 역시 진주 목걸이를 걸쳤기 때문에 드부아디 양의 집을 자주 찾았다. 당시에는 모든 여자들이 진주 목걸이를 걸치고 싶어 하였기에, 각자의 지갑 사정을 고려한 다양한 상품들이 있었다. 어느 누가 결혼식 예물로 감히 진주 목걸이 하나 빼놓을 수 있었을까? 진주 유행은 세례식에서 쌀알처럼 굵은 진주를 꿴 줄을 선물하는 것에서 처음 시작되었다. 그 이후로 패션계에서 그처럼 유난스러운 유행도 없었다. 아마 당신은 당시 돈으로 천 프랑 정도는 내야만 진품 진주 목걸이를 구입할 수 있었을 것이다. 내 목걸이는 오천 프랑이나 했는데, 그 말인즉 어느 누구의 관심도 끌 수 없는 물건이라는 뜻이었다. 그래도 그 목걸이는 생기가 있었으며 나에게 기쁨을 안겨주었다. 그 점이 목걸이는 물론 나의 활력을 입증해주었다. 전쟁 중에 나는 그 목걸이를 팔았는데, 목걸이에 싫증이 나서 그런 건 아니었다.

나는 비단 실을 갈아야 할 수준이 될 때까지 기다리는 법이 없었다. 진주 목걸이의 실을 갈아 꿰는 일은 몇 동네 떨어진 곳에 사는 동향의 드부아디 양을 만나는 구실에 불과했다. 그는 모조품만 취급하던 〈오 밀 파뤼르〉에서 진품 진주를 꿰는 사람이 되었다. 마흔 안팎의 이 독신 여성은 나와 같은 지역의 말씨를 구사했는데, 법도에 있어서는 보수적인 관점을 가지고 사람이든 사물이든 모든 것을 조롱하는 엉큼한 유머 감각 또한 내 마음에 들었다.

  그의 집까지 올라갈 때마다, 나는 사진사의 아내와 마주쳐 인사를 주고받았다. 부인은 종종 자기 집 현관문을 활짝 열어 두고 문간 앞에 서 있었으며, 그 맞은편에는 드부아디 양의 집 현관문이 닫혀 있었다. 사진사 집의 각종 집기들은 초창기의 형태를 가진 카메라 받침대부터 시작해서 복도를 가득 채웠는데, 특히 결이 살아있는 호두나무를 둥글게 다듬어 만든 받침대는 그 자체로 삼각대의 모습을 하고 있는 물건으로 시선을 끌었다. 그 변함없는 모양새와 특징은 나로 하여금 비슷한 시기에 고안되어 예술가의 취향이 반영된 공간에서 몇몇 섬세한 조각상들을 지탱하는 데 사용된 거대한 나선형 압착기를 떠올리게 했다. 받침대의 곁을 지키는 고딕 양식의 의자 하나는 주로 첫 영성체를 기념하는 사진 촬영을 위한 소품으로 사용되었다. 버드나무로 마감한 아담한 알코브와 짚을 넣어 만든 인형, 세일러복을 입은 아이들에게 어울릴 법한 고급스러운 잠자리채 한 쌍이 사진관에서 쫓겨난 소품들로 이루어진 골동품점을 완성하였다.

　　꼭대기 층의 복도는 물감이 막 마르기 시작한 사진관의 배경막 냄새로 가득하였다. 뒤집어서 끼울 수 있는 막에 그려진 회색조의 단색화는 어제오늘 보이는 것이 아니었다. 그 중 어느 면에는 영국식 공원으로 난 발코니가 그려져 있었고, 다른 면에는 저 멀리 어렴풋이 보이는 항구가 경계를 이루는 특별할 것 없는 바다가 그려져 있었으며 수평선은 약간 오른쪽으로 치우쳐 있었다. 현관문은 자주 열려 있었고, 내가 보기에 한쪽으로 쏠려 있는 그 바다, 혼란의 중심에 사진사의 아내가 서 있었다. 누군가를 기다리는 듯한 모습에 나는 부인이 그곳에 있는 게 꼭대기 층의 신선한 공기를 마시기 위함이거나 아니면 올라오는 어느 방문객을 엿보려는 거라고 추측하였다. 나중에서야 나는 오해하고 있었음을 알았다. 나는 부인의 맞은편 이웃집으로 들

● 알코브란 한쪽 벽면을 의도적으로 오목하게 만들어 실내 공간을 확보하는 건축 용어로, '벽감'이라고도 한다. 주로 창가에 시공한다.

어갔고, 드부아디 양은 내게 진중하게 건조하고 다정한 손을 내밀었다. 그의 손은 서두르는 법을 몰랐으며 떨지도 않아서 진주나 실, 바늘 따위를 손에서 놓치는 일이 없었다. 그는 손가락을 절도 있게 놀려 실크 실의 끝을 반달 모양의 생 밀랍 위에 문지른 다음, 그 어떤 바늘보다도 더 가는 바늘귀에 단단하게 고정시켜 깔끔하게 마감하였다.

내가 드부아디 양에게서 자주 본 것은 램프 불빛의 곡예 속에 담겨있는 그의 상반신과 풀을 먹여 빳빳한 흰 칼라 위를 장식하는 산호 목걸이, 그리고 조롱기 섞인 미소였다. 주근깨가 퍼져 있는 다소 평탄한 얼굴은 사금석과 같은 갈색 눈과 대조를 이루며 돋보였다. 얼룩무늬 같지만 날카로운 그의 눈은 안경이나 돋보기는 필요 없었으며, '씨앗'이라는 이름으로도 부르는 진주 조각을 셌다. 그것으로는 장식 술이나 실타래를 만들었는데, 하얀 장식 끈과 같이 특별한 쓰임이 없는 그것을 '바야데르'라 불렀다.

좁은 집에서 지내는 드부아디 양은 조금 큰 방에서 작업을 하고 잠은 그보다 작은 부엌 건너 방에서 잤다.

이중 구조의 현관은 작지만 응접실 역할을 했다. 방문객이 초인종을 울리거나 문을 두드리면, 드부아디 양은 자리에서 일어나지 않은 채로 이렇게 외쳤다.

— 들어오세요! 열쇠는 왼쪽에 보면 있어요!

동향이라는 사실에 가까운 듯한 첫인상을 가졌던 것일까? 틀림없이 나는 그의 작업대를 좋아했다. 당구대처럼 녹색 천으로 감싸진 작업대는 브리지 테이블과 같이 테두리가 둘러 있었고, 길게 난 도랑에는 목걸이 줄로 쓸 실을 끼워 놓고 길이를 재어가며 작업을 했다. 그의 작업은 진주나 다듬어진 나비 날개와 같이 값진 물건을 다루기에 적합한 족집게가 도왔다.

나는 이 년간의 실습과 손재주, 그리고 보석을 대수롭지 않게 여기는 대범함이 필요한 이 작업의 특수성과 놀라움에 대해서도 역시 친근함을 느꼈다. 오래도록 이어진 진주를 사랑하는 열정 덕택에 노련한 그는 원하는 대로 자택에서 작업할 수 있었다. 드부아디 양이 내게 하품을 훔치며 "어젯밤에 누군가 와서 내게 진주를 한가득 주고 갔어

• 브리지란 두 사람이 한 팀으로 총 네 명이 함께 하는 카드 놀이의 일종이다.

요. 그 때문에 새벽 두시까지 작업을 해야 했죠……" 라고 말할 때, 나의 상상력은 "한가득"이라는 표현의 야릇함에 증폭되었으며 "작업하다"라는 동사에서 높이 평가될 만한 그의 재능과 수고를 엿보았다.

오후가 되면, 물론 겨울날의 어둑한 아침도 그렇지만, 작업대 위 나팔꽃 모양의 금속제 테두리에 감싸진 전구가 빛을 밝혔다. 전구의 강렬한 빛이 드부아디 양의 작업실에 드리워진 그림자들을 모조리 쓸어내었다. 드부아디 양은 장미꽃이 꽂힌 작은 화병이나 장식용 보관함, 흩어진 진주를 보관할 수 있는 잡다한 장식품 따위는 그 무엇도 작업실에 두지 않았다. 가위조차도 어디서든 쉽게 볼 수 있는 모습이었다. 진주로 반짝이는 작업대의 모습을 유지하는 데 쓰는 신경 외에, 드부아디 양이 집을 전혀 꾸미지 않은 것을 보고 나는 결코 놀라지 않았다. 진주 목걸이나 소투아들은 녹색 융단 위에 두서없이 흩어져 있었는데, 그 모습이 마치 방치된 것처럼 보였다.

— 급한 일은 아니죠? 제가 자리를 좀 비켜드릴 테

니까, 제가 다시 돌아오는 동안 거기 있는 걸 가지고 시간이라도 때우고 계세요. 그 실에다 진주를 주렁주렁 달아보고 싶지 않으세요? 전지 가위를 쓰셔야죠. 아! 하는 게 익숙하진 않겠지만……

드부아디 양이 놀리듯 짓는 웃음에서, 우리가 공유하는 고향이 떠올랐다. 숲으로 둘러싸인, 초원 가장자리에서 압착을 기다리는 사과 더미가 가을비가 젖어드는 모습이 떠올랐다. 나는 그의 말대로 작업대 위에 놓인 것들을 가지고 놀았다. 거기에는 화려하지만 특색은 없는 미국식의 커다란 소투아들이 드문드문 놓여있었다. 세실 소렐 Cécile Sorel이 주문한 진주 목걸이가 서른일곱 개의 진주로 만든 폴레르Polaire의 목걸이와 뒤섞여 있었다. 보석상이 주문한 목걸이들도 있었는데, 뽀얗고 세련된 것으로 여자들의 피부와 깊은 우정을 아직 나누지 않은 것들이었다. 작업대 여기저기 다이아몬드가 어질러져 있었는데, 특히 끝 위에 있는 것은 무지개 빛깔을 자아내고 있었다. 초커, 열네 겹의 목걸이, 반짝이는 사선 모양의 브로치 들이 늘어난

• 코메디프랑세즈 소속 인기 배우로 화려한 의상과 더불어 허영심과 사치스러운 보석들로도 유명하여 줄곧 풍자의 대상이 되었다.
•• 알제리 출신의 프랑스인으로 가수와 배우로서 상당한 명성을 얻은 사교계 인사였다.

목주름, 노인의 힘줄 아니면 목의 멍울에 대한 이야기를 품고 있었다……

이 기묘한 직업은 오늘날에는 달라졌을까? 아니면 여전히 가난하고 수수한 여성들에게 온갖 보화와 함께 저항할 수 없는 재산을 변함없이 내어주고 있을까?

아르망 부인은 때때로 해질 무렵이 되어서 방문해 녹색 융단의 작업대 앞으로 와 앉곤 했다.

그는 신중한 태도로 행동하며 작업대 위의 목걸이들을 건들지는 않았으며 반짝이는 것들을 새처럼 무감각하게 바라볼 뿐이었다.

— 오늘 일은 다 보셨나요, 아르망 부인? 드부아디 양이 물었다.

— 아! 저는…… 남편처럼 업무에 사로잡혀 있지는 않아요. 저녁 식사를 덥히고, 사진관 여기저기를 치우고…… 별 거 아닌 일이죠.

아르망 부인은 언제나 부동자세로 서 있었으며, 앉아있을 때에도 움직이지 않았다. 부인은 검정과 빨강이 섞인 에코세즈 무늬의 블라우스를 입고 그 위를 브란덴부르크식 단추와 장식 끈으로 조였는데, 그 모습이 마치 재킷처럼 한쪽 문이 슬며시 열린 작은 옷장같이 보였다. 부인의 몸매는 매력적이었다. 동시에 부인에게서는 성실한 계산원에서 으레 보이는 친절함이나 그 밖의 훌륭한 인품이 느껴졌다.

— 아르망 씨는 평소 이 시간에 무얼 하시나요? 드부아디 양이 다시 물었다.

— 계속 바쁘죠. 지난 토요일에 있었던 결혼식 촬영 때문에요. 우리 같은 작은 사진관은 하나부터 열까지 신경 쓰지 않는 게 없거든요. 토요일에 결혼식 행렬을 맡는 건 번거롭긴 하지만 분명히 장점도 있어요. 한쪽에 부부, 다른 쪽에는 신부의 들러리들이 묶여서, 전체 행렬이 네 부분으로 나뉘지요. 그런데…… 제가 원하는 만큼 도움이 안 되나봐요……

사진사의 부인이 사과하려는 듯이 내게로 몸을 돌렸다. 부인이 말할 때마다, 굽히지 않는 위신과 꽉 끼는 블라우스나 재킷, 치자나무 문양의 옷감에 부각된 단춧구멍들이 열기를 받아 부인의 상냥한 목소리에 녹아들었다. 부인의 말투에는 거의 억양이 없었으며, 동네에서 일어난 일들을 길게 말해주기에 적절하였다.

— 우리 남편은 그레이브스병이 도져서 눈이 돌출되는 것 때문에 자주 피로해 한답니다. 저는 빨리 말하기 위해서 그냥 눈병이라고 하죠…… 올해는 조수를 두기에는 여간 사정이 어려운 해예요. 문제는 제 손재주가 좋지 않아서 일을 그르친다는 거죠. 접착제 통이 여기 있고, 이쪽에는 현상을 위해 필름을 헹구는 대야가 있어요…… 고정틀은 바닥에 있고…… 하루 사이에 어떤 문제가 생길지 충분히 짐작하시겠지요.

부인은 정말 떨고 있는 손을 내쪽으로 뻗어보였다.

— 그래서 신경 쓰여요. 부인이 말했다. 그래서 저는 제 맡은 최소한의 일을 하기 위해서라도 집안일은 제가 맡는답니다. 어떻게 보면 신경은 덜 쓰이지만, 그래도……

부인은 빈번하게 "하지만……"이라는 단서를 붙였

● 갑상선 호르몬이 과도하게 분비되는 자가면역 질환의 일종으로, 안구 돌출의 증상이 있다.

고, 그 뒤에 한숨을 쉬었다. 내가 드부아디 양에게 그 '하지만'이라는 단어와 긴 한숨에 어떤 우울한 사연이 숨겨진 것은 아니냐고 물었을 때, 그는 이렇게 답했다.

— 생각해보세요. 부인은 날씬한 몸매를 위해 스스로 고통을 주는 사람이에요. 그렇기 때문에 매 시간마다 자신의 모습을 살펴야 하는데 신경이 예민해지는 게 당연하지 않겠어요? 드부아디 양이 말했다.

아르망 부인은 스탠드 칼라 상의에 끝을 말은 앞머리로 이루어진 모습을 흐트러짐 없이 유지했는데, 그러한 모습이 마치 영국의 알렉산드라 왕비와 닮았다고 스스로 여겼기 때문이었다. 왕비보다 더 젊어보인다고 나로서는 확신할 수 없지만, 분명한 것은 부인이 왕비보다 피부색이 진했다는 점이다. 검푸른 머리칼과 새하얀 피부, 아담하고 올곧은 코는 파리 사람임을 분명하게 밝히고 있었으며, 남프랑스의 기질이 섞이지 않은 모습이었다. 아르망 부인은 에스파냐 사람 같은 속눈썹을 가졌으며, 새의 눈처럼 언제나 검고 예쁜 눈동자를 가지고 있었다. 동네 사람들은 부인

• 잉글랜드 국왕 에드워드 7세의 왕비였던 덴마크의 알렉산드라 공주를 말한다.

에게 '아름다운 부인'이라는 말로 짧지만 충분한 찬사를 바쳤다. 이 점에 대해 드부아디 양은 다른 생각을 가지고 있었다.

— 아름다운 갈색 머리의 부인이라…… 과연 십 년 전에는 맞는 말이었죠.

— 아르망 부인을 알고 지낸 지가 십 년이나 되었어요?

— 아뇨. 부인과 눈이 큰 걸로 유명했던 부인의 남편이 함께 이사를 온 게 삼 년 전이거든요. 제가 이 건물에서는 가장 오래 산 사람이죠. 그래도 아르망 부인의 십 년 전 사진을 제가 가지고 있어요…… 스스로를 갉아먹을 사람이라는 걸 알 수 있죠.

— 갉아먹는다고요? 아무리 그래도 그렇죠. 과장하시는 거 아니에요?

반짝이는 광석 빛깔처럼 언짢은 표정의 얼굴이 램프 아래를 지나 어둠 속에서 내 쪽으로 다가왔다.

— 누구나 실수할 수 있죠. 아르망 부인도 실수할

수 있고요. 부인은 평소에 특별히 외출하는 법이 없는 사람이에요. 그래서 매일 저녁때면 저녁 식사 전후로 공기를 쐬러 산책을 나가지요.

— 건강에 좋죠. 안 그래요?

드부아디 양은 입을 오므리고는 입가에 난 투명한 솜털들을 한데 모았다. 마치 물개들이 잠수를 할 때 물이 들어오는 것을 피하려고 콧구멍을 막는 것처럼 말이다.

— 건강에도 그렇고 저한테도 좋죠, 당신도 알겠지만…… 사진사의 아내가 밖에 나가지 않으면 혹시나 질식해 죽는 건 아닌가 생각하는 마당에, 어느 날 건물 계단에서 그가 헐떡이며 쓰러져 있는 채로 발견되는 것도 가능하지 않겠냐고요.

— 드부아디 양 당신도 외출하는 일이 드물죠?

— 말하면 뭐하겠어요.

— 그래서 건강이 안 좋아진 게 아닌가요?

— 맞아요. 그렇다고 저는 제 생각과 다르게 행동하는 사람을 막지는 않아요.

드부아디 양은 보이지 않는 아르망 부인 쪽을 향해 닫힌 문으로 장난 섞인 시선을 던졌다. 나는 우리 고향에서 가축을 돌보는 사람들이 암송아지의 민감한 복부를 겨냥하여 피를 뽑아 잔뜩 부푼 등에들에 기진맥진한 채로 울타리 너머로 서로 주고받는 거친 말들을 떠올렸다……

작은 진주를 꿴 실 쪽으로 드부아디 양의 이마가 기울여졌다. 이마 끝에는 밤색 머리카락이 야무진 솜털 같이 은색 빛을 내며 귀와 뺨 사이로 흘러내렸다. 집에 틀어박혀 좀처럼 밖에 나가지 않는 이 파리 여자의 겉모습에서 풍성한 버드나무, 잘 여문 개암열매, 옹달샘의 모래 바닥, 비단처럼 매끈한 나무껍질이 생각났다. 드부아디 양은 엄지와 검지로 잡은 바늘 끝을 거의 보이지 않는 작은 진주의 구멍을 향하게 했다. 그는 하얀 진주알을 다섯 개씩 비단실에 꿰어 매끄럽게 흘려 보냈다.

주먹으로 현관을 두드리는 익숙한 소리가 들렸다.

— 아, 티그리코엔이네요. 그 사람 습관이죠. 열쇠는 문 아래 있어요, 티그리 씨! 드부아디 양이 말했다.

티그리코엔의 볼품없는 얼굴이 조명 빛을 몰려 있는 곳을 통과했다. 그의 추한 외모는 때로 비꼬는 듯 웃기도 하며, 때로는 슬프고 간절한 것 같은데, 마치 엄청 똑똑한 원숭이들이 인간의 선물에 신이 나면서도 한편으로는 공포에 떠는 것처럼 보였다. 나는 티그리코엔이 교활하고 무모하며 조심성 없어 보이려 일부러 많은 노력을 들인다고 생각했다. 그는 어쩌면 어리석게도 스스로 일수꾼처럼 보이게 행동했을 것이다. 나는 항상 그가 손쉽게 돈을 빌려주고 심지어 돈뭉치가 오가는 것까지 보았기에, 자신의 세상 물정 모르는 선의에 파묻혀 그가 가난하게 죽는 것은 아닌가 하고 생각할 수밖에 없었다.

나는 그를 뮤직홀 무대 뒤편에서 만난 적이 있는데, 티그리코엔은 밤 시간 대부분을 거기서 보냈다. 어린 여배우들이 그의 어깨에 마치 애완용 앵무새처럼 매달려 있었고, 남자의 검은 옷을 하얗게 물들였다. 여배우들은 그의 주머니가 자그마한 보석들, 알이 실한 진주들 같이 모자에 장식용으로 끼우기 좋은 것들로 가득 차 있다는 것을 알았다. 그는 빛깔은 별로지만 아름다운 이름을 가진 보석들, 페리도트, 옥수, 녹옥수, 야심찬 지르콘과 같은 이름들을 알려주며 그 어린 친구들의 혼을 빼놓았다. 그들은 서로 말을 놓았다. 티그리코엔은 밤 열 시부터 자정까지 반짝이는 작은 보석들 몇 개를 팔았다. 그러나 부유한 유명 연예인들 앞에서 그는 주로 구매자의 입장이었다.

아름다운 진주에 대한 그의 취향은 내게는 언제나 사업적인 면보다는 감각에 치우친 것으로 보였다. 나는 어느 날 그의 가게에서 그가 누군지 알아볼 수 없는 어느 평범한 사람과 있을 때 흥분한 모습을 잊지 못한다. 그 추레한 남자는 낡은 조끼에서 하늘색 빛깔의 실크 손수건을 꺼내어 그 속에 싼 진주 한 알을 보여주었다.

— 더 가지고 있어요? 티그리가 물었다.

— 네. 추레한 남자가 답했다. 하지만 오래 갖고 있지는 못합니다.

그 진주는 구멍을 내지 않은 둥근 진주로 싱그러운 체리 알처럼 굵었으며, 라파예트 거리의 짝수 번지수가

• 파리 9구와 10구를 동서로 가로지르는 거리의 이름으로, 서쪽으로는 오페라 가르니에에서 동쪽으로는 파리 북역까지 잇는다.

주는 쌀쌀한 빛깔 대신 고르고 오묘한 빛을 발했다. 티그리는 아무 말 없이 진주알을 주시하였고, 추레한 남자는 입을 열지 않았다.

— 이 진주는…… 정말이지…… 티그리코엔이 입을 열었다. 그는 어깨를 으쓱이며 영양가 없는 찬사를 생각해냈다.

— 잠깐 만져볼 수 있나요? 내가 물었다.

나는 손바닥 위에 경이롭고 온화한 순백의 진주알을 올려두었다. 시시각각 변하는 수수께끼 같은 빛깔, 눈처럼 희고 푸른빛이 감도는 은은한 장밋빛이 지나간 뒤 아이리스의 자취가 여운을 남겼다. 그 황홀한 진주알을 돌려주기 전에 티그리는 한숨을 쉬었다. 그리고 추레한 남자는 파란 손수건으로 진주의 은은한 빛깔을 감싼 다음, 무심하게 주머니에 찔러 넣은 뒤 자리에서 일어났다.

— 이 진주는…… 티그리가 되뇌었다. 이 진주는 정말이지 사랑의 빛깔을 가졌군요.

— 이 진주의 소유자가 누구인가요?

진주 주인이 원숭이처럼 긴 팔을 들어 올리며 웃음을 터트렸다.

— 누구냐고요? 누구냐고요? 제가 알겠어요? 인도의 흑인들 것이었을 수도 있죠! 직물 따위를 취급하는 조합의 것이었을 수도 있고요! 야만인이라든지, 신앙도 감성도 없는 사람들이라든지, 아니면……

— 값은 얼마나 나가요?

그는 나를 경멸 섞인 눈으로 쏘아보았다.

— 얼마냐고요? 이것처럼 아직 세공을 하지 않은 진주는 중개상인의 주머니 안에 파란 새틴으로 감싸져 유통되지요. 얼마냐고요? 말린 자두 일 킬로그램이 얼마냐는 듯이 물어보시네요? '삼 프랑입니다, 아가씨. 여기요. 감사합니다. 아가씨.' 아! 그 말을 들으니 꼭……

그는 추한 얼굴로 무척 풍부하고 감정 실린, 웃음과 고통이 가득한 표정을 내보이는 데 열정적이었다. 드부아디 양의 집에서, 나는 이날 저녁 그가 내린 비에 홀딱 젖었는데도 아랑곳하지 않았던 것으로 기억한다. 그는 기계적인 몸짓으로 자신의 주머니에 꿍쳐둔 알록달록 보석이 박힌 사투아나 타원형의 보석을 박은 반지, 다이아몬드를 넣고 접은 종이 봉투를 꺼냈다. 그는 진주 몇 줄을 녹색 시트 위로 던졌다.

— 자, 친애하는 드부아디. 내일 이걸 작업해 줘…… 그리고 이건…… 좀 상스러워 보이나? 가운데 속을 채워 넣은 비둘기 깃털을 빼내면 철사로 꿸 수 있을 거야…… 어쨌든, 채워 넣은 건 다 갈아 줘.

그는 습관처럼 한쪽 눈을 감은 채로 내 목걸이를 살폈다.

— 가운데에서 네 번째 걸 사겠어. 싫어? 편한 대로 해. 잘 있어요, 아가씨들. 오늘 저녁에는 폴리베르제르의 리허설을 보러 갈 거야.

— 사업 하기 좋은 저녁이네요. 드부아디 양이 정중히 말했다.

— 뭣도 모르면서. 오늘 저녁엔 내 친한 배우들이 자기 역할이나 의상, 관객의 표정만 신경 쓰며 무대 뒤에서

• 파리 9구에 위치한 뮤직홀로 다양한 볼거리를 제공하며 프랑스 황금기의 대표적인 문화 공간으로 자리매김하였다.

실신하지 않으려 혈안이라고. 잘 있어요, 아가씨들.

다른 손님들, 그 중에 특히 여성들이 잠기지 않은 문과 작은 서커스와 같은 강렬한 빛을 향해 다가왔다. 나는 다시 만날 일 없는 이들에 대해 항상 품었던 어떠한 욕망으로 그들을 바라보았다. 한껏 꾸민 여성들이 전등 아래로 내민 손바닥 위에는 소중하며 새하얀 진주 알갱이들이 가득 올려져 있었다. 진주에 익숙해지며 자연히 얻게 되는 거만함 내지는 진주에 대한 무관심한 태도 가득한 몸짓으로 진주목걸이의 잠금을 풀어내는 이들도 있었다.

내 기억 속에는 그들 중에서도 특히 은빛의 친칠라 모피로 꾸민 한 여인의 모습이 강하게 남아있다. 여인은 열띤 상태로 들어왔다. 사치스러운 옷차림으로 눈을 즐겁게 한 그는 무척 활기차고 또 경박스러웠다. 그는 짚을 채워 넣은 스툴에 대충 걸터앉더니 명령하듯 말했다.

— 그 줄 전체는 풀지 말고요. 가운데에서 옆에 있는 것만 빼서 주세요. 네. 예쁜 그거요.

무례한 것을 싫어하는 드부아디 양은 침착하게 비

단 매듭 두 개를 자른 다음, 끌러낸 진주를 고객에게 내밀었다. 아름다운 여자는 그것을 붙잡고 면밀히 관찰하였다. 램프 불빛 아래에서 나는 서로 옴짝달싹 붙어 달달 떨리는 그의 긴 속눈썹을 세어볼 수 있었을 것이다. 그는 진주를 드부아디 양에게 되돌려줬다.

— 당신은 이 진주를 보고 어떻게 생각해요?

— 저는 진주에 대해서는 아무것도 몰라요. 드부아디 양이 덤덤하게 말했다.

— 농담이죠?

아름다운 여자는 빈정대는 손짓으로 작업대를 가리켰다. 그리고는 안색이 바뀌며, 드부아디 양이 미리 몇 개의 바늘로 꿰매어 놓은 작은 금속 조각들을 움켜잡아 진주 위로 내던졌고, 곧 박살난 진주 파편이 튀었다. 나는 엉겁결에 외마디 비명을 내질렀다. 드부아디 양은 완성되지 않은 작품과 박살난 진주를 성실한 손으로 주워 가슴팍으로 가져다 대는 것 외에 어떠한 행동도 하지 않았다.

손님은 말없이 자신의 저지른 상황을 주시하였다.

마침내 그는 격정적으로 눈물을 쏟아냈다. 그는 너무 울어 딸꾹질을 하는 와중에 "도둑년, 도둑년!" 이라고 외치며 자신의 검은 속눈썹에 손수건 한 귀퉁이를 가져다 댔다. 그리고 나서 그는 빠진 진주가 있는 자신의 목걸이를 작은 핸드백에 챙긴 다음, 얇은 종이 한 장을 요구하여 모조 진주의 깨진 파편들을 담고서 일어났다. 나가기 전에 그는 큰 소리로 "두고 보세요"라고 소리친 다음, 신제품으로 출시된 향유의 신경을 건드는 냄새와 함께 밖으로 나갔다. 그 향유는 은방울꽃 향을 합성해 요즘 유행하는 상품이었다.

— 이런 일은 처음이신가요, 드부아디 양?

드부아디 양은 자신의 작업대를 꼼꼼하게 다시 정리했으며, 그의 조심스러운 손은 떨리지 않았다.

— 아뇨, 두 번째예요. 처음에는 진주가 깨지지 않았던 게 다르지만요. 진짜 진주였거든요. 목걸이에 펜 나머지 진주도 그랬고요. 그가 답했다.

— 그 여자 분은 뭐라고 했어요?

— 여자가 아니라 신사 분이었어요. 이렇게 말했

죠. '아! 이 망할년!'

— 왜요?

— 그 목걸이는 아내의 것이었거든요. 아내가 자기 남편에게 목걸이가 십오 프랑밖에 안 나가는 거라고 속였나봐요⋯⋯ 맞아요. 오! 당신도 알겠지만, 진주들의 빛깔에는 저마다 사연이 담겨 있답니다⋯⋯

그는 두 손가락으로 작은 산호 목걸이를 매만졌다. 나는 신을 믿지 않고 비웃는 이 사람이 마치 기도를 바치듯 하는 행동에 놀랐으며, 그의 완고한 이마에 드리운 미신의 그림자를 엿보았다.

— 진주 목걸이를 차실 생각은 없으세요?

그는 사업적인 신중함과 정직하려는 욕망 사이를 갈팡질팡하며 한쪽 어깨를 들었다.

— 모르겠어요. 사람 일이란 모르죠. 저기 쿨랑주에 아주 아나키스트 같은 사람이 하나 있었어요. 그는 모든 사람들에게 공포의 대상이었죠. 그런데 어느 날 정원이 있는 작은 집을 상속받았지 뭐예요. 둥근 비둘기장과 돼지

를 기를 헛간도 있었죠…… 지금 그 사람을 보면…… 사람이 변한 게 보여요.

그는 금세 절제된 웃음과 유쾌하면서도 부정적인 표현, 비굴하지 않게 칭찬하고 욕을 하지 않고 비판하는 방식을 되찾았다.

***

내가 드부아디 양의 집에 머물러 있던 어느 날 저녁, 나는 하품하는 모습을 그에게 들켜 사과 했다.

— 너무 배가 고파서…… 차도 안 마시고 점심도 제대로 못 먹었거든요. 고기가 나왔는데, 제가 설익힌 고기는 못 먹어서요.

— 저도 그래요. 동향의 여인이 말했다. 당신도 알겠지만, 우리 고향 사람들은 날고기를 고양이나 영국인들이나 먹는 거라고 말하죠. 하지만 오 분만 참는다면 밀푀유가 당신에게 찾아올 거예요. 내가 자리에서 일어나지 않아도 말이죠. 내기 할래요?

— 초콜렛 크림 일 리브르를 걸죠.

— 약속 안 지키면 돼지예요! 드부아디 양이 마른 손을 쫙 펴서 내밀며 곧바로 외쳤고, 나는 손뼉 치듯 그의 손바닥을 가볍게 쳤다.

— 드부아디 양, 집에서 대구나 양파를 굽는 향도

● 반죽으로 여러 겹의 켜를 만든 다음 크림이나 과일 등으로 장식하는 프랑스의 대표적인 후식이다.
● 친한 사이에 서로 내기를 걸거나 약속을 할 때 쓰는 프랑스어의 관용적 표현이다.

안 나고, 스튜 향기도 안 나는 마당에 어떻게 밀푀유를 만든다는 거죠? 무슨 비법이라도 있나요?

그는 눈을 깜빡거리며 '네'라고 대답했다.

— 알려줄 수 있어요?

현관문을 세 번 두드리는 낯익은 소리가 들렸다.

— 자, 밀푀유가 왔어요. 비밀이 밝혀졌네요. 아르망 부인 들어오세요, 들어와요!

그 와중에 드부아디 양은 나의 뒷덜미 쪽으로 가서 나의 있었던 평범한 목걸이의 버클을 채워주었다.

큰 바구니를 드느라 행동이 자유롭지 못한 아르망 부인은 만성적으로 떨리는 손가락을 당장 건네지 않은 채 황급히 말했다.

— 잠깐만요, 잠깐만. 재촉하지 마세요, 너무 무거워서⋯⋯ 오늘 요리는 뵈프 부르기뇽이에요. 그리고 싱싱한 상추 한 단도 있어요. 밀푀유는 없는 대신에! 아이스크림을 곁들인 제누아를 가져왔어요.

드부아디 양은 웃긴 표정을 내게 지으며 이웃으로

• 소고기와 채소를 와인에 푹 고아 만드는 요리다.
•• 제누아는 설탕과 달걀을 이용해 만든 부드러운 후식의 일종이다.

서 친절한 배려를 실천하고자 했다. 하지만 부인은 어두운 방으로 뛰어가며 외쳤다. "내가 다 부엌으로 가져갈게요!" 불이 밝혀진 공간을 신속히 지나가는 그 순간, 나는 부인과 드부아디 양의 얼굴을 언뜻 보았다.

— 얼른 가야 돼요, 얼른. 우유를 불에 올려놨어요! 아르망 부인은 어린아이처럼 반복해 말했다.

부인은 다시 첫 번째 방을 가로질러 달려가 문을 열어젖혔다.

드부아디 양은 부엌으로 들어가 분홍 빛의 아이스크림을 바른 제누아 두 쪽을 접시 위에 올려놓았다. 접시에는 화염 속 소방관 그림과 '구조대의 영광을 위하여'라는 글귀로 장식되어 있었다.

— 부인이 울었던 게 틀림없어요…… 버너 위에 우유를 올려두었다는 말은 거짓말일 거예요. 그가 생각에 잠겨 말했다.

— 부부싸움인가요?

그는 고개를 흔들었다.

— 가엾은 왕눈이 아르망 씨! 그 사람도 어찌 할 수 없지. 당신도 마찬가지에요. 아무튼, 당신 먹을 제누아를 금방 챙겼네요. 더 드려요? 나는 그 사람 때문에 속이 좀 불편해서. 아르망 씨의 아내요. 얼굴이 백팔십 도 바뀌었다니까.

— 내일이 되면 괜찮겠죠. 나는 건성으로 답했다.

그런 쓸데없는 말의 대가로 나는 짧고 따가운 눈초리를 받았다.

— 그럼요, 안 그래요? 아무렴 일이 나쁘게 되더라도 당신은 그다지 신경 안 쓰니까요.

— 뭐라고요? 내가 아르망 씨 내외의 갈등에 대해 충분한 관심이 없다고 생각하시는 거예요?

— 아르망 부부에게 당신이 필요한 건 아니죠. 그건 나도 마찬가지고요. 만약 누가 나를 필요로 한다면 아마 난생 처음 있는 일이 되겠지만……

드부아디 양은 짜증을 억누르려고 목소리를 낮추었다. 내 생각에 우리는 정말로 우스꽝스러운 모습이었다.

혈기왕성한 두 여자에게서 피어 오른 분쟁의 먹구름은 나의 기억에 전혀 예상치 못한 우스꽝스러운 순간으로 남았다. 나는 내 손을 그의 어깨에 올려 그 순간을 당장 타개할 수 있으리라는 재기가 떠올랐다.

— 자자…… 서로 못할 말은 하지 맙시다! 당신도 알겠지만, 내가 그 착한 부인에게 도움이 될 수만 있다면 뭐든 못하겠어요…… 그 사람에 대해 뭔가 걱정하고 있죠?

드부아디 양은 개암 빛 색조 화장 아래로 얼굴을 붉히고 한 손으로 얼굴 위를 가리는 단순하면서도 낭만적인 손짓을 취했다.

— 제게 너무 친절하게 대해주시네요…… 내게 친절하게 대해주지 말아요…… 과도한 친절을 받을 때면, 저는 어찌할지 모르겠어요. 어디로든 도망치고 싶은 마음이라니까요……

그는 촉촉하고 반짝이는 아름다운 눈동자를 드러내며 내 쪽으로 짚을 채운 스툴을 밀었다.

— 잠깐만, 시간 괜찮아요? 비 오는 소리가 들리네

요. 소나기였으면……

그는 내 맞은편의 작업대로 가 앉아서 검지를 구부려 눈을 거칠게 비볐다.

— 우선 아르망 부인은 험담이나 뒷담의 대상이 될 만한 여자가 아니에요. 부인은 저와 무척이나 가까이에서 살고 있죠. 이곳은 그저 오래 전에 지어진 작은 건물이에요. 한 층을 기준으로 오른 편에 두 세대, 왼 편에 두 세대씩 살고, 작은 구멍가게에서는 가족들이 살기도 하죠…… 이웃들이 무척 가까이서 살긴 하지만 서로 어떻게 사는지 다 들리는 건 아니에요. 하기야 이 사람들은 소음을 내지 않죠. 하지만 저는 이웃들의 생활을 알아차릴 수 있어요. 특히 아르망 부인은 층계참에서 대부분의 시간을 보내지요. 이 건물 같은 공간에서는, 무언가 문제가 생긴다면 저뿐만 아니라 이웃들이 금세 알아차린답니다……

그는 목소리를 낮추고, 입술은 다물고, 그의 입가에 난 솜털은 반짝였다. 그는 유리 테이블을 바늘 끝으로 찌르며, 마치 신비롭게 자신의 말들을 헤아리는 듯했다.

— 사진사의 아내가 자신이 필요해서나 나에게 뭘 해주려고 장을 보러 갈 때면, 건물 관리인이나 둥근 천장 아래에서 꽃을 파는 상인, 밖으로 나오는 작은 술집의 아가씨가 목을 빼죠. 이 사람 저 사람 모두 부인이 어디를 가나 궁금해서요. 부인은 어디로 가는 걸까? 유제품 가게에, 아니면 따뜻한 크루아상을 사러, 혹은 미용실, 다른 사람들과 똑같군! 그러면 호기심 가득한 사람들은 마치 얻지 못할 것을 약속 받았다는 듯이 씁쓸한 표정을 지으며 코를 킁킁거립니다. 그렇게 그들은 같은 일을 반복하죠. 나나 가트루아 부인 또는 부인의 딸이 외출한다고 해서 사람들이 마치 어떤 사건을 기다리듯 그렇게 초조하게 엿보지는 않아요.

— 아르망 부인은…… 나는 감히 말을 꺼냈다. 부인의 모습이 꽤 독특한 것 같아요. 어쩌면 에코세즈 무늬의 옷을 너무 자주 입는 건 아닌지……

드부아디 양은 이해할 수 없다는 듯이 고개를 저었다. 시간이 흐르고 위아래 집집마다 문이 닫히는 소리가 들렸으며 각 층에서는 식탁과 수프 그릇을 주위로 의자 다리가 끌리는 소리가 났다. 나는 밖으로 나왔다. 사진사의 작업실 문은 이례적으로 닫혀 있었고, 삼각대가 마치 중요한 장식처럼 서 있었으며, 두 개가 서로 교차된 상태로 잠자리채가 나비 모양의 가스등 아래에 놓여 있었다. 아래층에서 관리인이 떠나는 나를 보기 위해 커튼을 걷었다. 나는 전에 이토록 늦게까지 머물렀던 적이 없었다.

     미적지근한 밤의 열기가 가스 가로등 주위에 피어올랐고, 이 낯선 시간은 쓸모가 없지는 않은 가벼운 불안감을 내게 안겨주었다. 그 불안감은 한때 해가 중천일 때 시작해 깊은 밤이 되어서야 끝난 어느 연극 공연을 보고 나오면서 느꼈던 것과 같았다.

     아득히 저물어간 시기의 내 주변에 있었던 사람들에게 내가 굳이 몇 쪽을 할애하여 다시금 생명력을 부여할 만한 필요가 있을까? 적어도 그들과 내가 함께 했던 시간들은 비밀에 부쳐야 할 필요가 있다. 예컨대, 당시 시댁 사람들은 드부아디 양의 존재는 물론 티그리코엔과 나의 친

분에 대해서도 알지 못했다. 아르망 씨의 '부인'과, 낡은 누비이불을 수선하고 여러가지 색의 비단 조각을 재배치하여 유아차 덮개로 쓸 매트를 만들어내는 부인의 손바느질 솜씨 역시 마찬가지였다. 나는 패션 감각과 재봉틀 없이도 실력을 뽐내는 부인의 기술 때문에 그를 아꼈던 걸까, 아니면 부인의 또다른 직업을 때문에 그를 아꼈던 걸까? 저녁 여섯 시가 되면, 부인은 육각형의 실크 조각들에서 벗어나 가이테리리크 극장에 가서, 〈수녀원의 삼총사〉에서 한 역할을 맡아 열창을 했다.

    내 핸드백의 가죽과 안감 사이에 나는 오래도록 씨 뿌리는 여인이 새겨져 있는 오십 상팀짜리 동전 한 닢을 간직하고 있었는데, 그 동전은 티그리코엔의 가게에서 잃어버렸던 것이다. 그는 나에게 동전을 되돌려주기 전에 동전에다 내 이름의 이니셜대로 작은 다이아몬드를 박아 넣은 것을 즐겁게 생각했다. 하지만 나는 집에서 그 예쁜 부적이나 티그리에 대해서는 말을 꺼내지 않았다. 그 당시 나의 남편은 보석상을 융통성이 없는 꽉 막힌 인간, 그저 장사치라

● 가이테리리크 극장은 파리 3구에 위치한 오페레타 전문 극장이었다. 〈수녀원의 삼총사〉는 루이스 바니가 1880년에 작곡한 오페레타를 말한다.

는 삐딱한 견해를 가지고 있어서, 그 까닭에 나는 그의 잘못된 생각을 바로잡아주거나 반론을 제기할 수 없었다.

      부인의 손바느질에 내가 정말 애정을 가졌을까? 잘 알지 못하는 티그리코엔에게 우정을 가졌을까? 나는 모른다. 감추려는 본능은 나의 다양한 삶 속에서 그다지 큰 부분을 차지하지는 못했다. 다른 많은 여성들과 마찬가지로, 너그러운 척하는 어조로 분명히 확신하는 경향이 있는, 까딱하다 오류에 빠질 수 있는 특정한 사람들의 판단을 피하는 것은 내게 중요했다. 이 같은 대우는 우리들을, 그러니까 여자들을 조바꿈이 없는 단조로운 멜로디와 같이 간단한 진실로부터 유리시키며 반쯤은 거짓말이고 반쯤은 침묵인, 반쯤은 회피적인 것 안에서 만족하게 할 뿐이었다.

***

시간이 되자 나는 다시 폭이 좁은 외관의 건물로 향하여 다시 길을 걸었다. 건물 앞쪽에는 아르망 사진관의 푸른 유리창이 경사진 캐노피를 쓰고 있었다.

건물 현관에 들어서자, 검은 앞치마를 두른 세탁소 배달원과, 버드나무로 짠 시스테라라고 부르는 긴 바구니를 지고 빵을 배달하는 여성과 마주쳤다. 세탁소 배달원은 내가 먼저 말을 꺼내지 않았는데도 마치 의무처럼 "아무 일도 아니에요. 굴뚝에 불이 붙었대요."라고 말했다. 동시에, 한 패션 살롱의 심부름일을 하는 여자가 노란 상자를 난간 창살 사방에 부딪히고, 비명을 지르며 급히 계단을 내려왔다.

— 어느 여자가 면포처럼 하얗게 질려있어요! 이러다가 금방 죽을 거예요!

심부름꾼의 외침은 열두 명은 되는 사람들을 마술처럼 사방에서 한데 불러 모았다. 벗어나고 싶은 욕망, 뜻

모를 혐오감, 쓸데없는 궁금증이 내 안에서 요동쳤고 내가 받아들여야 할 것은 이해할 수는 없지만 단념하는 것이었다. 나는 그 일을 보기 위해서 꼭대기 층까지 올라가야 한다는 사실을 잘 알고 있었다. 누구를 위해? 사진사의 부인을 위해, 아니면 드부아디 양을 위해? 드부아디 양에 대해서 나는 속으로 그의 빈정거리는 듯한 현명함이나, 비단 조각과 같이 부드러운 손의 자신감에는 아무런 위해도 가해지지 않았을 거라며 그의 운명을 단정하였다. 그가 작업대의 녹색 시트 위에서 바늘 끝을 집요하게 겨냥하고 있었던 우유 빛깔 구멍 뚫린, 값진 진주가 이루는 별자리들은 깨지지 않았을 것이라는 생각이었다.

  헐떡여가며 층계참을 오르는 동안, 나는 스스로를 안심시키려 노력했다. 사고인가? 그렇다면 오 층에 사는 뜨개질 하는 여자나 제본하는 사람의 집에서 그러한 일이 일어나지 않으리란 법이 있을까? 수증기로 가득한 십일월의 오후는 양배추와 가스 냄새, 흥분한 인간의 체취에 무게감을 부여하였고 그것들이 내가 갈 길을 알려주었다.

예상치 못한 흐느끼는 소리가 힘이 빠지게 만들었다. 우는 체하기는 쉬운 일이지만, 그 소리에는 숨을 헐떡이거나 또는 구토를 할 것만 같은 거친 힘을 간직하고 있었다. 금방 밀려난 우체부와 난간 사이 썩 쾌적하지 않은 압박감을 버텨가며 올라가는 동안, 마치 경련을 일으키듯 흐느끼는 남성의 소리가 들렸고 층계참의 구경꾼들은 모두가 숨을 죽였다. 울음소리는 얼마간 들리다가, 위층에서 문이 닫히며 사그라들었다. 드부아디 양이 왕눈이 아저씨라고 부르는 그 사람이 일전에 울었다는 이야기는 전혀 들어본 바가 없었지만, 나는 그 울음의 주인이 그 사람이라는 예감이 단번에 들었다.

마침내 꼭대기 층에 도달해보니, 닫혀 있는 두 문 사이에서 모르는 사람들로 어수선했다. 그 중 문 하나가 열리자, 나는 드부아디 양의 날카로운 목소리를 들었다.

— 신사숙녀 여러분, 무슨 일로 오신 건가요? 나원 참 황당해서. 사진 한 장 건지려고 오신 거라면, 이미 늦었어요. 거 참, 이봐요, 무슨 사고가 난 게 아니라고요. 부인

이 발목을 접질러서 그저 붕대를 감아준 것뿐이라고요!

꼭대기 층까지 등정한 탐사대들은 실망해서는 저들끼리 중얼거리거나 개중에 몇은 웃기도 했다. 하지만 강렬한 조명 아래에서 보니 드부아디 양의 안색이 좋지 않았다. 그는 구경꾼들을 실망시키기 위해 몇 마디 말을 더 던지고는 집으로 돌아갔다.

— 쳇, 그게 다라니…… 우체부가 말했다.

그는 낭비한 시간을 만회하기 위해 서둘러 떠났고, 녹색 앞치마를 두른 와인가게 주인과 처음 보는 여자들도 곧이어 사라졌다. 나는 마침내 첫영성체를 할 때 쓸 것만 같은 고딕 양식의 의자에 앉아볼 수 있었다. 나 혼자 남게 되자, 드부아디 양이 다시 나타났다.

— 들어와요. 당신이 오는 걸 봤어요. 그렇게 많은 사람들 앞에서 당신더러 오라고 할 수 없었어요…… 괜찮으시다면 잠시 앉아있어도 될까요……

가장 오랜 시간을 보내는 곳 외에는 어떠한 피난처도 없다는 듯, 그는 자신의 작업대 앞에 주저앉았다.

— 한결 낫네요!

그는 웃음을 보이더니 행복한 기색으로 말했다.

— 그 여자가 전부 돌려줬어요. 맞아요.

— 뭘 전부 돌려줘요?

— 빌려갔던 거요. 죽으려고 했던 거예요. 정말 끔찍하기도 하지 뭐예요.

— 뭐 때문에요?

— 아! 뭐 때문이냐고요? 댈 이유야 서른여섯 가지나 있죠. 부인이 왕눈이 아저씨에게 부칠 편치를 내게 맡겼어요······

— 편지요? 거기 뭐라고 써져 있던가요?

드부아디 양은 점차 평정심을 되찾아갔고, 합심하여 조롱해왔던 동지로서의 여유를 되찾았다.

— 당신에겐 숨길 수 없겠네요! 부인은 전부 고백했어요. 이렇게요. "사랑하는 제오. 나를 책망하지 마세요. 내가 떠나는 걸 용서해줘요. 살아서나 죽어서나 나는 당신의 변함없는 조르지나로 남을 거예요." 그 옆에는, 이렇게

써진 다른 쪽지 하나가 있었어요. "수요일에 거슬러줄 돈이 없어서 계산하지 못한 세탁소 값을 제외하면 결제는 전부 했어요." 두 시 십오 분인가, 이십 분쯤에 찾은 거예요······

그는 말을 끊고는 몸을 일으켰다.

— 잠깐만요. 커피가 좀 있는데.

— 저한테 주시려는 거면 괜찮아요.

— 제가 필요해서 그래요. 드부아디 양이 말했다.

대중적인 만병통치약과 그 숭배에 쓰이는 용구들이 등장하였다. 대리석 무늬의 파란 에나멜 물병, 빨간색과 금색으로 그리스 식으로 장식된 찻잔 두 벌, 배배 꼬인 무늬를 가진 설탕 접시가 눈에 띄었다. 치커리 향기가 충실히 뒤따랐으며 이 모든 것들이 통상적인 불안감, 상가(喪家)의 밤샘, 난산(難産), 소리를 낮춘 장광설, 누구나 쉽게 빠지는 약물 중독 따위를 읊조리고 있었다.

— 그러니까, 드부아디 양이 다시 말했다. 두시 정도에, 두시 십오 분인가, 누가 문을 두드리더라고요. 왕눈이 사진사였어요. 어색하게 내게 묻더군요. "아내가 내려오

는 걸 못 보셨어요?" 아뇨. 내가 말했죠. 하지만 제가 보지 못한 사이에 내려가셨을 수도 있어요. "그렇군요." 그가 말했어요. "저는 원래 외출해야 하는데, 막 나가려던 참에 황산염 병 하나를 깼어요. 제 손을 좀 보세요." 정말 안 됐군요. 내가 말했죠. "그러니까요." 그가 말했어요. "수건 한 장이 필요한데, 수건은 우리 집 침실에 있어요. 침대 뒤쪽 옷장에요." 수건만 필요하신 거라면 제가 가져다 드릴게요. 아무것도 손대지 마세요. "그게 전부가 아니에요." 그가 말했어요. "침실 문이 잠겨있어요. 잠겨 있는 법이 없는데." 나는 그를 보았어요. 무슨 생각이 내 머릿속을 스쳤는지 모르겠네요. 나는 자리에서 일어나서 그를 자빠트릴 뻔 하다시피 하고는 그 사람 집의 침실 방문을 두드렸어요. 그가 내게 말했어요. "무슨 일이에요?" 나는 그에게 몸을 돌렸죠. "글쎄요." "당신 뭐 아는 거 없어요? 본 게 없냐고요?" 그는 황산염에 노출된 손을 내민 채로 서 있었어요. 나는 다시 여기로 돌아와서, 벽난로에 장작으로 쓰는 나무를 자르는 손도끼를 챙겨왔어요. 도끼를 쓰니 경첩과 잠금장치가 동시에 박살나더군요…… 그 문은 세 번도 찍을 필요가 없었어요……

드부아디 양은 데운 커피를 몇 모금 마셨다.

— 안전을 위해 문에 체인을 달아야겠어요. 내가 말했어요. 이 문이 얼마나 약한지를 알게 된 이상……

나는 드부아디 양이 이야기를 계속하기를 바랐지만, 그는 멍하니 매트 위의 이른바 '씨앗'이라고 부르는 작은 진주를 골라내는 금속제 핀셋을 가지고 놀고 있었으며 더 이상 할 말이 없는 것처럼 보였다.

— 그래서요, 드부아디 양?

— 그래서 뭐요?

— 그, 아르망 부인이요…… 방 안에 있었나요?

— 당연히 그곳에 있었어요. 그녀의 침대에서 말이에요. 정확히는 그녀의 침대 위에서 말이에요. 명주 양말과 검은 새틴으로 만들어진 작은 장식이 달린 신발을 신고 있었어요. 이 신발과 양말이 날 놀라게 했어요. 이 신발과 양말이 날 너무나 놀라게 해서, 따뜻한 물을 한 양동이 채

우는 동안 그녀의 남편에게 말했어요. "그녀가 무슨 생각으로 양말과 신발을 신고 침대에 누웠을까요?" 그는 흐느끼며, 발의 티눈이 셋째 발가락과 포개어져 그런 거라고 설명했어요…… 아내는 아무도 그녀의 맨 발을 볼 수 없게끔 했어요, 심지어 나도 말이에요…… 아내는 작은 슬리퍼를 신고 자요, 외모에 무척 신경을 쓰거든요."

드부아디 양은 입을 죽 벌려 하품을 하고는 웃어 보였다.

— 아! 그런 상황에서 남자는 정말 어리석다고 말할 수 있어요. 그 사람……! 그가 할 줄 아는 거라고는 울면서 "여보…… 여보……"하는 것뿐이었어요. 다행히도 제가 빨리 대처했으니 말이죠. 그가 의기양양하게 덧붙였다. 미안합니다. 다시 돌아가서. 오! 부인은 살아있었어요. 하지만 십일 호에 사는 의사 카메카스 씨는 새로 처방하기 전까지 부인에게 우유와 생수 조금만을 먹이게 했어요. 아르망 부인이 한 부대의 군인들을 다 죽일 수 있는 만큼의 독을 삼켰거든요. 그게 그녀를 구한 것 같더군요. 왕눈이 아저

씨는 부인 옆에서 긴장한 채 있었어요. 저는 살짝 곁눈질을 했죠. 잘 아시겠죠? 부인에게 보라색 제비꽃 한 송이를 가져다주세요. 몽파르나스 묘지에 가져다주느니 그 편이 더 기분이 좋을 거예요.

    한 가지 물음이 뒤늦게 떠올랐을 때 나는 이미 인도를 걷는 중이었다. 아르망 부인은 왜 스스로 죽기를 원했을까? 동시에 나는 드부아디 양이 내게 말하지 않은 사실을 깨달았다.

    그 일이 있고 며칠 동안, 나는 종종 사진사의 아내와 무위로 그친 사건에 대해 생각했다. 나아가서는 죽음에 대해서도 생각하고, 평소와 달리 내 자신의 죽음에 대해서 생각했다. 만약 전차를 타다 죽으면 어떻게 하지? 번화가에서 저녁 식사를 하다 죽으면 어떡하지? 끔찍한 가능성이지만 확률이 낮은 일이었기에 나는 빠르게 단념했다. 우리 같은 여자들은 집 밖에서는 죽지 않는다. 고통이 여자를 재촉하면, 우리는 다리 사이로 불타는 볏짚을 단 말처럼 사력을 다하여 집으로 향한다. 나는 삼 일만에 가장 마음에 드는

• 파리 14구에 소재한 대형 공동묘지를 말한다.

죽음을 고르는 일을 관두었다. 하지만 시골에서의 장례식은 참으로 좋다. 특히 유월에는 꽃들 때문에 좋다. 하지만 장미들은 더위로 인해 금세 시들어버린다…… 내가 그런 생각을 하고 있을 때 아르망 부인의 편지가 도착했다. 그 편지는 군수창에서 일하는 중사가 쓸 만한 매혹적인 글씨체로, 테네리페 레이스 무늬처럼 곱게 말려 있는 모습이었다. 부인은 편지에서 약속을 지키는 것을 상기시키며 나와 차 한 잔 하는 것을 바라고 있었다.

✲
✲✲

나는 꼭대기 층에 이르러 사진사의 작업실을 나서는 중년의 부부와 마주쳤다. 서로 팔짱을 끼었으며 검은 실크로 짠 예식용 재킷과 넥타이로 괜찮게 차려 입었다. 왕눈이 아저씨가 그들을 이끌고 나가는 중이었다. 나는 그의 두툼한 눈꺼풀에서 진한 눈물자욱을 찾았다. 그는 기쁜 마음으로 내게 손을 흔들었다.

― 숙녀 분들은 방에 계세요. 아내는 평소처럼 조금 피곤한 상태인데, 당신을 너무 과하게 맞이해서 실례가 되진 않을까 생각하고 있어요……

그는 나를 작업실로 안내했으며, 내가 든 제비꽃 다발을 보고 "연보랏빛 제비꽃이라니 정말 탁월하군요"하며 정중히 말을 건넸다. 그는 낯선 방 문턱에서 나를 두고 떠났다.

우리는 이 좁은 행성에서 두 가지 미지의 세계 중 하나만 선택할 수 있다. 하나는 우리를 끌어들인다. 아! 그

곳에 살 수 있다면 얼마나 좋을까! 다른 한 곳은 우리가 숨 쉴 수 없는 곳처럼 보인다. 인테리어에 관해서는, 몇몇 부분에서만 보기 흉한 것이 아예 보기 흉한 것보다 못하다. 아르망 부인이 회복 중인 방의 인테리어는 나의 시선을 바닥으로 떨구게 했고, 그것을 형용하는 일에서 어떠한 즐거움도 느끼지 못했다.

　　　　부인은 이불이 젖혀진 침대에 반쯤 누워 있었는데 죽으려고 했던 바로 그 침대였다. 드부아디 양이 수호천사처럼 강한 손으로 막지 않았더라면 부인은 나를 환대하려는 열의에 몸을 일으켰을지도 모른다. 십일월의 바깥 날씨는 포근했다. 아르망 부인은 빨간 색과 검은 색이 섞인 작은 담요에 덮여 추위를 피하고 있었으며, 그것은 튀니지앵이라고 부르는 뜨개질 기법으로 짠 것이었다. 나는 튀니지앵 기법을 별로 좋아하지 않는다. 하지만 아르망 부인은 건강해 보였다. 뺨은 메말랐지만, 눈동자는 이전보다 더 반짝였다. 그의 활기찬 움직임으로 담요가 들추어지자 두개의 가느다란 발이 나타났는데, 검은 새틴으로 만든 신발을 신고 있었으며, 드부아디 양이 전에 내게 묘사했던 대로 흑옥빛 진주 모양처럼 수가 놓여 있었다.

— 아르망 부인, 가만히 계세요. 부탁드려요. 드부아디 양이 간곡하게 부탁했다.

— 하지만 나는 아프지 않다고요! 아르망 부인이 저항했다. 쓸데없이 시간만 보내는 게 전부예요. 아저씨는 아침에 가사도우미에게 지불할 돈을 주고, 드부아디 양은 카트르카르 케이크를 구워주었고, 당신은 내게 아름다운 제비꽃다발을 주는군요! 정말 게으른 삶이에요! 카트르카르와 같이 제가 산딸기로 만든 젤리를 드셔보실래요? 작년에 만든 것 중에 마지막 남은 단지인데, 자랑하고 싶진 않지만…… 올해는 브랜디에 절인 자두 맛이 영 그래요. 올해는 전부 망친 한 해네요.

부인은 미묘한 농담인 양 웃었다. 변함없이 반짝거리는 부인의 검은 눈동자를 볼 때면 나는 항상 어떤 새를 떠올렸는데, 지금은 어떤 음울한 심원에서부터 해방되어 산뜻해진, 고요한 한마리 새가 떠오르는 것이 아닌가?

● 프랑스에서 대중적으로 먹는 케이크의 일종으로, 밀가루와 달걀, 버터, 설탕을 같은 비율로 배합하여 만든다.

— 이 사건에서는 죽은 사람도 부상을 입은 사람도 없어요. 드부아디 양이 결론지었다.

나는 동향의 드부아디 양이 내린 판결에 동조한다는 양 눈짓으로 인사를 하고, 짙은 빛깔의 홍차가 담긴 찻잔과 감초 맛이 나는 식전용 포도주가 담긴 술잔을 포개어 들었다. 그래야만 하니까. 나는 안락함을 잃었다. 오후의 충만한 햇볕 아래, 전날의 자살을 언급하는 관례를 지키는 일은 그리 빨리 이루어지지 않는다. 자살을 결심한 이는 다시 돌아오지 않을 생각으로 일을 감행하였지만, 오히려 그는 정화되어 돌아왔다. 나는 농담을 하며 집안의 분위기에 맞추려 노력했다.

— 지금 우리 앞에 있는 이 매력적인 여인이 얼마 전에 그토록 납득하기 어려운 일을 겪은 인물과 동일 인물이라는 걸 누가 믿겠어요?

그 매력적인 여인은 카트르카르 한 조각을 다 비운 뒤 다소 혼란스럽다는 체를 하며, 요염한 태도로 뭉뚱그려 대답했다.

— 납득하기 어렵다…… 납득하기 어렵다…… 그 부분에 대해선 할 말이 많군요……

드부아디 양이 말을 끊었다. 처음 구조할 때와 같이 군인 같은 단호함으로 부인을 대했다.

— 아이 참! 또 그러시지는 않을 거죠, 그렇죠?

— 또 그런다고요! 오! 그럴리가요!

나는 그 외침, 부인의 솔직함에 박수를 보냈다. 아르망 부인은 오른손을 뻗어 맹세를 해보였다.

— 맹세하죠! 제가 납득하지 못하는 건 한 가지, 바로 의사 카메카스 씨가 내게 했던 말이에요. "그러니까, 부인께서는 신경쇠약으로 발작이 일어나서 독극물을 삼키신 것인가요?" 그 말에 화가 났어요. 저는 거기에 대고 보란 듯이 그에게 말했어요. "선생님께서 그렇게 확신한다면, 저한테 굳이 백 가지 질문을 하실 필요가 있을까요." 저는, 제 마음 깊숙한 곳에서, 제가 신경쇠약 때문에 자살을 시도하지 않았다는 걸 잘 알고 있어요!

— 쯧쯧…… 드부아디 양이 혀를 찼다. 제가 부인

을 얼마나 오래도록 잘못 보고 있던 걸까요? 여기 콜레트 부인이 제 말에 힘을 실어주시겠지만요. 신경쇠약에 대해서는, 그건 신경쇠약이 맞고 그것 때문에 부끄러워 할 필요는 없어요.

뜨개질로 만든 담요가 펄럭였고, 하마터면 컵과 접시도 튀어오를 뻔했다.

— 아니에요, 그건 아니에요! 그 점에 대해서는 제 의견을 말씀드릴 수밖에 없겠군요!

— 아르망 부인, 부인의 의견은 제게 중요합니다. 하지만 카메카스 의사와 같은 전문가의 의견과 같은 맥락에 놓일 수는 없어요.

그들은 내 머리 위로 서로 말을 주고받았는데, 어찌나 경직되어 있었는지 나는 목을 살짝 숙였다. 자살을 결심했던 사람이 자신의 주장을 그렇게 확신에 차서 말하는 것은 처음 보는 일이었다. 천상이나 지상의 여러 구원자들처럼, 수호천사였던 드부아디 양 역시 자신의 역할을 과장하는 경향이 있었다. 안광이 이는 그의 눈동자는 천사의 눈동자와 같은 모습은 아니었으며, 구조된 부인의 새하얀 분 아래 안색은 동시에 점차로 달아올랐다……

　　　나는 수다스러운 여성들 사이에 벌어지는 논쟁을 피한 적이 없다. 나는 길거리 소란을 좋아해서 야외에서 벌어지는 다툼에서 내 어휘력을 풍부하게 할 수 있는 기회를 찾곤 한다. 아르망 부인의 침대 옆에서 나는 두 여성의 대화가 의견의 불일치로 촉발되는 신경전으로 비화되기를 바랐다. 그러나 살아남은 자에게 아무것도 가르쳐 주지 않는 죽음이라는 이해할 수 없는 사실, 구역질나는 극독의 뒷맛, 희생자를 엄하게 대하는 헌신의 강직함, 이 모든 것이 너무 무겁고 거추장스럽고 비대해서 건전한 논쟁으로 나아가기에는 너무 거칠었다. 왕눈이 사진사가 소심하게 지배하는 이곳에서 나는 무엇을 하러 온 것일까? 죽음에 의해 불완전하게 유혹된 그의 아내로부터 싱거운 비밀을 넘어 내게 남겨진 것은 무엇이었던 걸까?

　　　모범적이고 정직하며 미혼 여성의 전형인 드부아디 양에 있어, 나는 수수께끼 같은 이름으로 그를 장식하는 일이 내게서는 끝난 것처럼 느껴졌으며, 공허함에 대한 기호는 한때에 그치는 것이라는 것을 깨달았다.

      슬픔, 두려움, 육체적 고통, 추위와 더위의 과도함에 있어, 나는 여전히 모범이 되는 표정을 내비치는 것에 대한 책임을 가지고 있었다. 하지만 나는 지루함 앞에서 포기했다. 지루함은 나를 비참한 존재로 끌어내리고, 필요하다면 잔인하게 만든다. 그것의 접근, 그것의 변덕스러운 존재는 턱 근육에 영향을 미치고, 뱃속에서 춤을 추며, 발가락으로 박자를 맞추며 단조로운 노래를 부른다. 나는 그것들을 두려워할 뿐만 아니라 그것에서부터 도망친다. 두 여자는 한 명은 감사한 마음을 대표하고, 다른 하나는 헌신을 대표하는데, 그들 사이에는 장벽이 세워졌다. 그들은 내가 보기에는 규범적인 태도까지 나아가지 않은 것이 잘못이었다. 그들은 모욕적인 웃음을 사용하지 않았고, 후추처럼 눈을 멀게 만드는 모욕적인 언사도 사용하지 않았다. 그들은 심지어 자그마하고 활달한 적충류의 오랜 잠 속에 간직된 것과 같은 불만을 깨우지도 않았다. 그렇기는 하지만 나는 "신경질적인…… 배은망덕한…… 오만 데 간섭하고…… 참견한다……" 따위의 말들이 오가는 살벌한 대화를 들었다. 나는 이 말들 중 마지막 동사에 관해서는 아예 대놓고 조롱하려는 의도를 느꼈다. 그 단어를 던진 드부아디 양이 몸을 일으켜 우리에게 간단히 인사를 씁쓸하고 엄숙히 건넨 다음, 방에서 나갔다.

얼마 지나, 나는 적절한 정도로 걱정을 드러냈다.

— 그래도…… 깊게 생각하진 마세요…… 홧김에 한 말이죠! 누가 예상이나 했겠냐고요……

아르망 부인은 "그러라지요!"라는 식으로 어깨를 살짝 들썩였을 뿐이었다. 날이 빠르게 밝아오자, 부인은 팔을 뻗어 침대 옆 램프에 불을 붙여, 연어처럼 붉은 마르슬린 빛깔의 탁자보를 씌운 탁자 가운데에 두었다. 그 즉시 방의 분위기가 바뀌었고 나는 만족감을 감출 수 없었는데, 전등갓의 주름장식이 거북한 것처럼 보였지만 바다의 조개껍질처럼 고혹적인 장밋빛 빛깔을 걸러내어 주었기 때문이다. 아르망 부인이 웃었다.

— 우리 둘 다 행복하다고 생각해요. 부인이 말했다.

부인은 그 불쾌한 사건을 내가 다시 얘기할 것 같자 나를 말렸다.

— 됐어요, 부인. 그런 쓸데없는 말들은 그냥 내버려두는 게 나아요. 그것이 스스로 자연스레 해결되도록, 아니면 해결되지 않는다 해도 말이에요. 와인을 한 잔 더 드시죠. 네, 네, 더 드세요. 괜찮아요.

부인은 침대에서 뛰어내려 옷의 밑단을 능숙하게 정돈했다. 그 당시 여성들은 잔인하리만큼 차가운 무관심을 보이는 오늘날과 달리 허벅지 속살을 과도하게 노출시키면서 소파나 마차에서 미끄러지듯 내리는 것이 허용되지 않았다.

— 아직 몸 상태가 회복되지 않았을 텐데요, 아르망 부인?

부인은 수를 놓아 장식한 새틴 신발을 신고 돌아다녔다. 부인의 죽음의 목전까지 가서도 발을 감추었다. 부인은 저급 포트와인을 따르고, 천장 유리창의 차일을 걷었다. 부인은 매력적이었으며 또한 사뿐사뿐 활기차 보였다. 지난 삼십육 년의 세월동안 큰 굴곡 없이 살아온 매력적인 여인…… 죽기를 바랐던 바로 그 여인이……

부인은 두 번째 분홍색 램프에 불을 켰다. 너무 평범한 나머지 특별해 보이는 방은 잘 관리된 호텔 객실의 꾸며진 쾌활함을 풍기는 듯하였다.

안주인이 드부아디 양이 두고 간 의자를 가져다가 내 옆에 단호하게 놓았다.

— 아니에요, 부인. 사람들이 제가 신경쇠약 때문에 자살했다고 믿지 않았으면 해요.

— 정말로, 저는 생각도 못했어요. 무엇도 믿을 수 없었거든요…… 내가 말했다.

나는 아르망 부인이 무위로 그쳤던 시도를 마치 성공한 일인 양 언급한다는 것이 놀라웠다. 부인은 눈을 동그랗게 뜨며 나와 시선을 맞추었는데, 활짝 열린 채로 빛나는 검은 눈동자에는 그 무엇도 드러나지 않았다. 부인의 작고 반질반질한 이마는 수세미 같이 볶아진 앞머리 아래로, 신경쇠약이라고 불리는 유감스러운 장애 따위는 두개의 아름다운 눈썹 사이에 전혀 자리잡지 않았음을 내보이는 듯하였다. 자리에 앉기 전에 부인은 마치 망설이듯 어색하게 자신의 손으로 꽃병에 꽂아둔 제비꽃다발을 정돈하였다. 제비꽃 줄기들이 부인의 손가락 사이에서 파들거리는 것이 보였다. "신경쇠약이라니, 말이나 되나요……" 독극물의 적절한 복용량을 맞추는 것조차도 버거운 그 손가락으로……

— 부인, 그가 말했다. 우선 저의 삶은 언제나 보잘 것 없었다는 것을 말씀드려야겠네요……

이처럼 운을 떼는 것은 이야기가 길어질 것을 우려하게 할 만한 것이었다. 하지만 나는 계속 자리를 지켰다.

별로 중요하지 않은 일에 대해 기술하는 것은 간단하다. 내 기억력은 옆집 두 이웃의 한담과 가벼운 농담을 기록하는 데에는 부족함이 없어서, 나는 그것들을 최대한 사실과 같게 만드는 일에 노력을 기울여야 했다. 그러나

"제 삶은 언제나 보잘 것 없었어요……"와 같이 시작하는 말에 있어 나는 작가들에게 부과되는, 예를 들자면 언제나 충실히 기록할 것이 요구되는, 아르망 부인의 대화에 담긴 마치 거품처럼 부풀어오르는 "어느 지점"이라든지, "우리에 관한 어떤 것"에 대한 그저 그런 고민거리로부터 해방되는 듯했다. 그것들이 부인의 이야기를 용이하게 만들었지만, 그것들을 덜어내는 것은 나의 몫이었다. 나는 이 대화에서 사소하며 개인적인 사족을 줄이고 삭제하는 것이 나의 일이라고 생각했다.

— 아주 보잘 것 없는 인생…… 저는 정말로 대단한 남자와 결혼했어요. 남편은 정말 완벽했고, 열심히 일하고, 헌신적이었죠. 그런 사람은 존재해서는 안 될 정도예요. 그토록 완벽한 남자와 살며 어떤 예측할 수 없는 일이 일어나겠어요? 우리는 아이가 없어요. 솔직히 말해서, 저는 그 문제에서는 수월하게 지나온 것 같아요.

« 한번은 동네에 사는 한 청년이…… 아! 아니에요, 당신 생각하는 것과 같은 일은 아니에요. 그 청년은 대담하게도 어

둠 속에서 층계참을 오르던 나를 가로막았어요. 청년의 잘생긴 외모에 대해서는 인정하고 지나가야 할 것 같아요. 그는 내게 모든 것을 약속했지요. 그는 내게 말했어요. "당신을 속이려는 건 아니야. 나와 함께라면 온갖 일을 겪게 될 거야. 그것이 슬픔이든 행복이든지 말이야. 그건 내 기분에 달렸고, 당신은 관여할 수 없어." 어쩌구 저쩌구. 한번은 내게 말하더군요. "손목을 내게 줘 봐." 나는 그에게 손목을 주지 않았고, 그는 내 손목을 낚아채가서는 비틀었어요. 열흘 넘도록 손을 쓸 수 없었고 그런 나를 치료해준 건 남편이었어요. 저녁에 제가 넘어져서 그랬다고 말을 하면 남편은 손목에 깨끗한 붕대를 감아주고는 오래도록 붕대를 감은 손목을 바라보았어요. 나는 민망했어요. 어디서 보지도 못한 목걸이를 하고 와서는 "어디서 그런 목걸이를 차고 오는 거냐?" 하는 말을 듣는 반려견과 같은 마음이었지요. 영리하지 못한 사람이라도 때로는 그런 섬세한 마음을 가질 수 있더군요.

《그 청년에 대해서는, 시작도 하기 전에 끝이 났어요. 제가 참을 수 없었던 게 뭔지 아세요? 세 마디 말도 주고받지 않았던 그 대단하신 분이 제게 대뜸 말을 놓는 것이었어요. 말 그대로 땅 속에서 불현듯 솟아올라서 제 앞에 등장한 거죠. 그러더니 제 멋대로 땅속으로 사라져버린 거예요.

« 그 이후로요? 아무 일도 없었어요. 정말로 아무 일도 없었어요. 놀라실 건 없어요. 만일 여자가 운전대를 잡은 게 아니라면, 아주 추하게 생긴 것이 아니라 해도 대다수의 여성들이 저와 같은 저와 같은 상황에 처해졌을 거예요. 남자들이 마치 식인종처럼 여자들에게 달려든다고 생각해서는 안 돼요. 아니에요, 부인. 오히려 여자들이 그런 소문을 내고 있지요. 남자들은 자기 자신들의 평온을 무척이나 신중하게 지키고 있거든요. 그런데 많은 여자들은 적절히 처신하는 남자를 견뎌낼 수 없지요. 무슨 말인지는 잘 알아요.

« 나는 남자들에 대해 많이 생각하는 성격이 아니에요. 지금 생각해 보면, 되려 생각하는 게 제게 이로웠을 지도 몰라요. 그런 것 대신에, 어느날 아침 소고기 구이를 준비하던 중에 제가 무슨 생각을 했는지 아세요? 저는 스스로에

게 물었어요. 지난 토요일에 이미 완두콩을 넣어 고기로 요리를 했는데, 좋아. 그래도 너무 자주 하면 안 되겠지. 일주일은 금방 지나가니까…… 벌써 열 한시네, 남편은 한 시 반에 세례식 기념 단체 사진 촬영이 있으니, 손님들이 오기 전에 설거지를 끝내자. 남편은 작업실에 손님이 있는 동안에 설거지 하는 소리나 부지깽이로 화덕을 들쑤시는 소리를 듣는 걸 좋아하지 않거든. 그 다음에는 세탁소에 들러야겠어. 도대체 언제 남편의 정장에 제대로 광을 입혀줄 건지. 남편한테 무슨 일이라도 생기면…… 저녁 전에 집에 돌아와서 다림질을 할 수 있으면 다행인데. 안 된다면 어쩔 수 없지. 창가 커튼을 물에 담가 두고 내일 다림질을 하면 돼. 오늘은 걱정하지 말자고. 그 뒤에는, 저녁 식사 시간에 두세 가지 자질구레한 일들만 걱정하면 그걸로 끝이야……

« 저는 자주 그러는 것처럼 "끝났어…… 드디어……"하고 덧붙이며, 생각을 이어갔어요. "끝났다고? 뭐라고, 끝이라니? 이게 다야? 이게 오늘 하루종일, 어제도, 내일도 이렇게 살아야 돼……? 하지만 그래도 내일은 달라지지 않을

까." 저녁에 저는 잠자리에 들며 여전히 바보 같이 맴도는 일상에 우울해 했어요. 다음날 저는 기분이 나아져서 잼을 만들고 오이를 다듬어 식초에 절이려 했어요. 저는 드부아디 양더러 장을 봐달라고 시켰어요. 드부아디 양 차례였죠. 그러면서 저는 딸기를 손질하고 오이를 소금으로 닦아내는 일에 전념할 수 있었어요. 할 일을 잘 하다가, 문득 이런 생각이 들더군요. "오늘 일과를 보니, 그러면, 오늘은 잼을 만드는 날인가? 잼을 끓일 냄비는, 아차, 바닥이 둥글지. 만약 냄비가 화덕 구멍 위에서 기울어지면 아주 큰일 날텐데……! 그리고 충분한 유리병도 없어. 가트루아 부인에게 거위고기 조림을 담는 단지 두개를 빌려야겠어, 가능하다면…… 내가 딸기잼을 다 만들면, 어떤 깜짝 놀랄 일이 기다리고 있을까?" 어떤 모습일지 눈에 선하지 않으신가요.

« 오후 다섯 시가 되기 전에 딸기잼이 다 완성되었어요. 하지만 성공적이지는 못했죠. 전에 없는 실패였어요. 마치 캐러멜 같았거든요. 다행히도 딸기가 원인은 아니었어요. 저는 다시 시작했죠. 내일, 보자, 내일…… 내일은 수지판에

시험용 인화 필름을 붙이러 어느 부인이 올 거야. 수지판은 수성판을 본따 만든 최신 제품으로, 스포츠 사진의 인화에 특화되어 있지요. 그런데 수지판을 쓰려면 특별한 기술과 특별한 접착제가 필요했어요. 그래서 한 주에 한 번씩 그분이 오시는 거고, 오실 때마다 저는 점심 식사를 챙겨드렸어요. 그것이 내게는 기분전환이 되었어요. 서로 손해볼 것은 없었어요. 그 분은 시간을 훌륭하게 활용할 수 있었고, 근처 식당으로 달려가는 것보다 좋았지요. 저는 주전부리나 맛 좋은 햄도 좀 챙겨드렸어요.

« 하지만 제가 말씀드리는 그 날, 저는 아무것도 중요하지 않다고, 아니면 아무것도 내게 충분치 않다고 느꼈어요. 그 다음 날들은…… 더 말하지 않겠어요.

« 뭐라고요? 오! 아니에요. 오! 당신이 착각하는 거예요, 저는 제 일을 경멸하지 않았어요, 그 반대예요. 저는 그 일들에 최선을 다했답니다. 아무런 문제도 없었어요. 그저 시간이 길게만 느껴졌고 동시에 저는 제가 그 시간에 할 만한 일들을 찾은 것 뿐이에요…… 예를 들면 독서랄까? 당

신 말이 백 번 맞아요. 독서는 기분전환에 가장 좋은 방법이죠. 하지만 저는 독서를 하기에는 성격이 모나서 읽으려고 시도했던 그 모든 것들이 제게는 마치…… 무미건조하고, 가여워 보였어요. 그런 것보다는 더 대단한 것에 대한 집착이 항상 있죠…… 저는 청소를 끝내고, 하루를 마치고, 복도로 나가 숨을 고르러 갔어요. 거기서라면 더 멀리 내다볼 수 있을 것만 같았거든요. 하지만 복도든 복도가 아니든, 저는 충분히 지쳤고 더 할 일도 없었어요.

« 뭐라고요……? 아! 당신이 그 문제에 대해 잘 짚어주셨네요. 그저 무엇이 충분했던 걸까요? 가트루아 부인께서 저에 대해 말씀하신 것처럼, 저는 복에 겨운 여자예요. 복에 겨운 여자라, 만일 제 보잘것 없는 삶에서 여기저기 대단한 무언가가 있었더라면, 정말로 그랬을 거예요. 그렇다면 그 대단한 것이란 무엇일까요? 저는 모르겠어요. 부인, 왜냐하면 저는 그런 걸 가져본 적이 없었으니까요! 만일 제가 한 번이라도 그걸 가져봤더라면 그것이 대단하다는 것을 단번에 알아차렸을 거라고 확신합니다!

부인은 자리에서 일어나, 침대에 앉아 팔꿈치를 무릎에 괴었다. 그리하여 나는 부인을 정면으로 마주보고 있었다. 미간에 주름이 깊게 패이고 한쪽 눈은 신경증적으로 작아보였지만, 나의 눈에 비친 부인은 추해보이지 않고 그 반대였다.

— 부인, 직감이란 얼마나 신기한가요! 제 얘기가 아니라, 남편 얘기예요. 어느날 갑자기 남편은 대뜸 그때 제게 제안을 했어요. "칠월에 한 달 동안 이포르에 가 있자. 당신이 괜찮다면 이 년 전에 그랬던 것처럼 말이야." 이포르? 네, 나쁘지 않아요. 가족 위주로 찾는 해변이긴 하지만, 파리 사람들도 많이 찾는 곳이지요. 어디 보자, 우리가 거기 있었을 때는 매일같이 기랑 드 스케볼라를 만났어요. 엄청 유명해진 화가 말이에요. 그는 자연 그대로 성난 바다를 그렸지요. 그 때 파도가 얼마나 거세던지 파도거품이 이젤의 다리를 넘볼 정도였어요. 그거야 말로 대단한 광경이죠. 모든 사람들이 그를 지켜봤어요…… 남편의 제안에 저는 당연하다는 듯이 대답했어요. "바닷가에 가서 돈 쓰는 데 시

● 이포르는 루앙 북서쪽의 해안에 접한 관광지이다.
●● 프랑스의 화가 뤼시앵빅토르 기랑 드 스케볼라를 말한다.

간이나 보내려고요! 그런 일에는 신경 쓰고 싶지 않아요."
그 날도 그리고 그 뒤의 여러 날에도 저는 그런 식으로 남편에게 상처를 주지 않으리라 다짐했어요. 게다가 이포르에 간다고 해서 제 삶에 어떤 대단한 일이 생기지도 않았을 거예요. 제가 물에 빠진 어린이라도 구하지 않는 이상은 말예요…… 하지만 저는 수영을 할 줄 몰라요.

« 그렇게 시나브로, 저는 제 스스로를 불행하게 만들어갔어요, 인정해요. 결국, 제가 상상했던 건 무엇일까요? 저는 삶이 저를 위해 할 수 없는 것을 죽음에서 찾을 수 있을지도 모른다고 상상했어요. 죽음이 다가올 때면 조급하지도 강압적이지도 않고 숭고한 순간이 있어야 하며, 이런저런 생각들이 마구 샘솟고, 보잘 것 없고 나 자신을 왜소하게 만드는 것들로부터 벗어날 거라고 생각했어요. 불편한 잠자리로 보내는 밤들, 육체의 고통…… 아! 제가 얼마나 대단한 보상을 기대했겠어요…… 제 모든 희망을 그 순간에 담았어요, 상상해보세요……

« 오! 맞아요, 부인. 저는 남편 생각을 했어요! 낮이면 낮마

다, 밤이면 밤마다요. 그이의 슬픔에 대해서도 생각했어요. 제가 제 여정을 떠나는 것을 결심하기 전에 이런저런 것들 고려했다는 점을 믿어주세요. 하지만 길을 나서는 순간 저는 그 즉시 아득히 멀어지게 되었습니다.

아르망 부인은 깍지 낀 손을 내려다 보며 뜻밖의 미소를 지었다.

― 부인, 누군가를 잃었기 때문에 죽는 경우는 아주 드물어요. 제 생각에는 가지지 못했던 사람 때문에 죽는 경우가 더 많을 거예요. 하지만 제 스스로에게 죽음을 선물한다 해도 제 남편을 잃은 고통이 덜어지겠어요? 그리고, 또 그런 선택을 결행했다고 해서, 사랑하는 나의 남편이 너무나 괴로워 한 나머지 나를 뒤따르지 않으리라는 법도 없지요…… 제가 그 일을 결심하기 전에 사소한 부분까지 신경썼다는 것을 믿어주세요. 아무 것도 아닌 일처럼 보이겠지만, 복잡하게 얽힌 일들이 많이 있었어요. 침대 위에 누워서 어떤 끔찍한 것을 삼키고 작별인사를 남기는 걸 사람들은 쉬운 일로 생각하죠! 그 독극물을 얻기 위해 내가 얼

마나 뒤에서 얼마나 더러운 짓을 했고 거짓말을 했는지 모를 거예요! 어느 날 인화실에서 붉은 전등이 고장 나서 남편이 점심 이후 일찍 나가야 하는 일이 있었는데, 조금만 더 망설였더라면 모든 걸 포기했을지도 몰라요! 하지만 저는 회복했고, 어떤 생각으로 견뎌냈어요. 그 생각은…… 일종의……

나는 아르망 부인이 찾는데 골몰한 단어를 선뜻 던졌다.

— 그래요, 부인, 절정! 맞아요. 절정. 그날 저는 어떤 재난이 제게 또 떨어질까 염려했어요. 아침나절은 순조롭게 지나갔어요. 점심시간에는 탕약을 마셨어요. 침대의 자수로 만든 시트, 깔끔하게 정돈된 집안, 남편에게 전하는 쪽지도 있었고요, 남편은 외출을 서둘렀지요…… 남편에게 간절기용 얇은 외투를 건네기 위해 그이를 불렀고, 떠난 줄 알았는데 여전히 있더군. 그 때 황산염 병을 깨트렸고요, 기억하시죠? 드디어 혼자가 된 것 같아 저는 문을 열쇠로 잠그고 자리를 잡았어요. 네, 여기, 침대에 누우면, 등 뒤에

베고 있는 수놓은 배게가 아주 새것처럼 느껴지죠. 맞아요! 눕기만 하면 세탁소가 생각나요. 저는 다시 몸을 일으켜서 쪽지에 무언가 적은 다음 다시 누웠어요. 먼저 위경련을 멈추기 위해 약을 삼킨 다음 처방대로 십 분을 기다렸어요. 그리고 한 번에 독약을 삼켜요. 그 약이 전혀 달지 않았다는 걸 (아르망 부인은 입을 살짝 찡그렸다) 당신이 알아줬으면 좋겠네요.

« 그리고요……? 그리고는 기다려요. 아뇨, 죽음이 아니에요. 죽음보다 앞서 제게 스스로 약속했던 것을 기다렸어요. 저는 마치 부둣가에 서 있는 것 같았어요. 아니, 아니에요. 아프지는 않았어요. 하지만 불안해지더라고요. 거기다, 신발을 신은 내 발이 침대 끝에서 뜨겁게 달아올랐고, 상처 난 곳마다 너무 아파서 죽을 지경이었어요. 그것보다 최악인 건, 누군가가 초인종을 울리고 있다는 상상이 든다는 거예요! 저는 스스로 생각했죠. "공교롭게도 초인종이 울리고, 나는 죽지 못할 거야." 저는 다시 몸을 일으켜 앉고, 미리 예정된 약속이 없는지 다시 확인해본 다음, 귀를 기울

였어요…… 아마 생각하기에 그건 귀에서 들리는 이명 비슷한 거였을 거예요. 저는 다시 누워서 짧은 기도를 드려요, 비록 신앙심이 특별한 것은 아니었지만요. "하느님, 당신의 무한한 자비로, 가엾고 죄지은 이 영혼을 이끌어주소서……" 나머지는 기억할 수 없군요, 이런…… 하지만 여기까지로도 충분할 거예요, 그렇지 않나요.

« 그리고는 계속해서 기다렸어요. 제가 받을 보상을, 눈부신 상상이 현실이 되는, 나를 더 이상 내가 아닌 것으로 만들어 멀리 데리고 가줄, 나를 방황하게 만들 커다란 날개 한 쌍을요…… 머리가 핑 돌았고, 저는 제 주위에 커다란 원들이 보인다고 믿었어요…… 어느 순간에 저는 높은 탑 위에서 떨어지는 꿈을 꾸는 것만 같았죠, 그런데 그 이상은 없었어요. 아무 것도요. 그저 제 생각, 다른 일상과 차이 없는 그날 그날의 걱정거리 뿐. 예를 들자면, 남편이 저녁거리로 차게 보관한 햄과 샐러드, 데운 수프만 가지고 돌아오진 않을까 걱정하는 것이죠…… 동시에 저는 생각했어요. "고통이 크겠지, 내 죽음으로 비롯된 고통이 그의 속을 뒤집을

거야. 모든 사람들이 그에게 친절을 베풀겠지…… 하느님, 가엾고 죄지은 이 영혼을 인도하소서……" 저는 결코 생각하지 못한 거예요, 죽기 위해서 가장 고통받는 것은 다름아닌 제 발이었다는 것을……

« 웅웅거리는 소리들, 원들이 제 주위를 빙빙 돌고 있었지만, 저는 여전히 기다렸어요. 누워서 기다렸죠, 그게 현명했어요……

    부인은 침대 가운데로 미끄러져 죽음을 미루던 태도와 소극성을 되찾고, 깃털 모양의 검은 속눈썹만 보이는 두 눈을 감았다.

    — 정신을 잃은 건 아니었어요, 저는 층계참에서 비롯된 어수선한 소리들을 들었고, 이제 막 떠나려는 곳에 어지럽게 남겨둔 것들이 무엇인지를 생각하고 있었지요. 밤마다 남편이 하루의 끝을 지루하게 보내는 건 생각도 않은 채 혼자 나가 산책했던 일들을 후회했어요. 아무 것도 아닌 것들, 사소한 것들, 흥미 없는 생각들 따위가 웅웅거리는 이명과 원들 위에 떠올랐어요…… 저는 어렴풋이 기억

해요, 저는 손을 얼굴 위에 올리고 울고 싶었는데 그럴 수 없었어요. 마치 팔이 없는 것처럼요. 스스로 생각했어요. "이제 끝이야. 정말 슬프다. 삶에서 원했던 것을 죽음에서 가지지 못하다니……

« 네. 그게 다인 것 같아요, 부인. 끔찍한 한기 때문에 생각의 실타래가 끊겼지만, 잘 모르겠어요. 확실한 건, 절대로, 다시는 자살하지 않을 거란 거예요. 자살은 제게 아무 소용도 없다는 것을 이제 알았으니, 저는 계속 살아갈 거예요. 하지만 드부아디 양을 언짢게 하려면 아마도 제가 지금은 제정신이고, 제 안에는 신경증 환자로서 저와 정상인 제가 한 몸에 있다고 할 수도 있겠지요.

허리에 힘을 주어 아르망 부인이 몸을 일으켰다. 부인의 안색은 방금 전의 이야기로 피가 돌기 시작했는지 생기를 띠고 있었다. 우리 대화는 마치 기차역에서 작별을 하는 것처럼 "시간이 너무 늦었네요" 하며 "잘 가요, 또 봐요!"하는 말로 끝이 났고, 우리는 헤어졌다. 부인은 나의 등 뒤로 작업실의 불빛이 어두운 복도를 비추도록 현관문을 열어두었다. 나는 현관 문간에다, 가냘프고 고독해 보이지만 불안해 보이지는 않은 사진사의 부인을 두고 떠났다. 부인은 두 번 다시 좌절하지 않았으리라. 이따금 부인에 관한 생각이 떠오를 때면, 나는 여전히 부인이 스스로 '걱정거리'라고 겸손하게 불렀던 그 사소한 조심성 내지 검소함에 늘상 기대어 서 있는 모습이 그려진다. 부인은 스스로의 삶을 '보잘 것 없는 삶'이라며 자조하였으나, 사실 그 삶은 부인 스스로도 인지하지 못했던 소박하고도 한 위대한 여성의 품격에 의해 지탱되고 있었다.

지지

Gigi

─ 알리시아 큰할머니 댁에 가는 걸 잊지 말아라. 질베르트. 머리를 말아줄 테니 이리 오거라. 듣고 있니, 질베르트?

─ 할머니 머리 안 말고 가면 안 돼요?

─ 그러면 안 돼.

알바레즈 부인은 차분하게 말했다. 부인은 알코올 램프의 파란 불꽃 위에 작은 반구가 인두의 두 갈래 끝에 달린 오래 된 무쇠 머리 인두를 올려 두고, 얇은 종이 몇 장을 가져왔다.

─ 할머니, 머리 모양을 바꾸고 싶은데 사선으로 컬을 넣어 주시면 안 돼요?

─ 억지 그만 부려라. 너 만한 나이대의 소녀들은

머리카락 끝을 둥글게 마는 게 최대로 멋을 부리는 거야. 스툴 위에 앉아 봐라.

질베르트는 스툴 위에 앉기 위해 열다섯 살의 태가 나는 길고 가는 두 다리를 접었다. 에코세즈 무늬가 새겨진 질베르트의 치마는, 정작 자신은 크게 신경 쓰지 않았지만 계란을 닮아 아주 완벽한 타원형의 무릎 위까지 걷혀진 바람에 그만 스타킹 안쪽이 드러나고 말았다. 매끄러운 장딴지, 오목하게 들어간 발바닥과 같은 타고난 신체 조건들을 볼 때마다 알바레즈 부인은 손녀에게 무용 교육을 시키지 않았던 것을 후회하였다. 지금 당장은 그런 걸 생각할 틈이 없다. 부인은 회색빛이 도는 금발 머리카락의 끝을 얇은 종이로 둥글게 말아서 고정한 다음 뜨겁게 달군 머리인두로 평평하게 잡아 눌렀다. 부인은 신중하게 능숙하고 세심한 손재주를 부려 질베르트의 어깨 아래를 넘지 않도록 환상적인 볼륨감을 주어 춤을 추는 듯한, 통통 튀는 듯 둥글게 부푼 모양으로 풍성하게 말아 머리칼을 정돈했다. 얇은 종이에서 나는 희미한 바닐라 향과, 달구어진 머리인두는 작은 움직임도 없는 어린 소녀를 몽롱하게 만들었다. 사실, 질베르트는 고집을 부리는 것이 쓸모없다는 것을 이미 깨우친 터였다. 질베르트가 집안의 규칙에서 벗어나려고 한 적은 거의 없었다.

― 오늘 엄마가 〈프라스키타〉를 노래한대요?

― 그래. 오늘 저녁에 〈만약 내가 왕이라면〉을 올린다는 구나. 낮은 의자에 앉을 때에는 두 다리를 모아서 오른쪽이나 왼쪽으로 포개어 놓는 것이 예의라고 알려주지 않았니.

― 할머니, 하지만 지금 바지와 속치마를 입고 있는데요.

― 바지는 바지고 예절은 예절이다. 어쨌든 몸가짐을 신경 써야지. 알바레즈 부인은 말했다.

― 나도 알아요. 알리시아 할머니도 이미 말해줬는걸요. 질베르트의 웅얼거림이 머리카락 아래서부터 올라왔다.

― 기본적인 예절 규칙을 너에게 설명하려고 큰할

머니까지 필요하지는 않다. 예절과 관련해서는 다행이도 내가 더 잘 알고 있거든. 알바레즈 부인이 날카롭게 대꾸했다.

— 할머니, 알리시아 큰할머니 댁에는 오는 일요일에 가고 집에 있으면 안 돼요?

— 얘가! 또 뭐 나에게 주문할 건 없더냐? 알바레즈 부인이 큰소리로 말했다.

— 있어요. 질베르트가 말했다. 제 치마 길이를 좀 더 늘이면 좋겠는데요, 앉을 때 몸을 항상 제트 모양으로 접지 않게끔 말이에요. 할머니가 아실라나 몰라, 이렇게 짧은 치마를 입고 있으면 제가 생각하는 그게 보이지는 않을까 항상 신경 쓸 수밖에 없다고요.

— 조용히 해라! 그런 식으로 말하다니 부끄럽지도 않니?

— 그럼 이렇게 말고 어떻게 말하라는 거예요……

알바레즈 부인은 알코올램프를 끄고, 벽난로에 달린 거울에 에스파냐 사람 느낌이 나는 자신의 얼굴을 비추어본 뒤 말했다.

— 하긴 그것보다 나은 표현이 없구나.

달팽이 등껍질같이 말려진 금회색의 머리칼 아래로 의심 섞인 시선이 고개를 들었다. 그 눈동자에는 물을 머금은 점판암처럼 아름다운 진청 빛깔이 담겨 있었다. 질베르트는 불쑥 몸을 일으켰다.

— 할머니, 하지만, 그래도 보세요. 한 뼘만 치마 길이를 늘이면…… 아니면 작은 장식을 밑단에 달면 좋을 텐데……

— 네 엄마가 잘도 허락하겠다. 겉으로만 보면 적어도 열여덟 살은 되어 보이는 키만 멀대같은 여자가 딸이라니! 그것도 네 엄마 직업에! 생각을 좀 해라!

— 아이! 생각은 저도 한다고요. 엄마랑은 거의 나갈 일이 없는데, 뭐가 문제예요? 질베르트가 말했다.

질베르트는 움푹 들어간 배 위로 치마를 추켜올리고 물었다.

— 항상 입는 망토를 걸칠까요? 그러면 괜찮아 보일 텐데요.

— 그러면 오늘이 일요일인 줄 어떻게 알겠니? 단색 망토에 군청색 카노티에를 쓰렴. 언제 철이 들 거냐?

질베르트가 일어서니 알바레즈 부인과 키가 같았다. 사별한 연인의 에스파냐 식 이름을 간직한 알바레즈 부인은 새하얀 버터를 피부에 펴바른 듯 핏기 없는 모습에 몸에는 나잇살이 붙었으며, 머릿기름을 먹인 머리칼은 반지르르했다. 하얀 분을 과할 성싶게 얼굴에 바르고 무거운 볼살은 눈꺼풀을 아래로 잡아당기는 나이가 된 부인은 스스로를 이네스라고 불렀다. 여느 가정과 다른 질베르트 가족은 알바레즈 부인의 규율에 맞추어 돌아갔다. 알바레즈 부인의 딸이자 질베르트의 생부에게 배신을 당하고 비혼모가 된 앙드레는, 엎치락뒤치락하는 연예계보다 이제는 정부 보조금으로 운영되는 어느 극장의 이류 배우로서 안정적인 삶을 더욱 선호하였다. 어느 누구로부터 청혼을 받아본 적이 없었던 알리시아 큰할머니는 당신 말에 따르면 볼품없는 연금에 의지하여 홀로 살고 있었는데, 가족들은 그가 소유한 보석들만큼이나 그의 판단을 깊이 존중하였다.

알바레즈 부인은 깃털 장식이 달린 카노티에 스타일의 펠트 모자에서 몰리에르 스타일로 만든 단화까지 위아래로 손녀를 훑어보았다.

— 너 다리 좀 모으고 서 있을 수 없니? 아주 센 강이 그 사이로 흐르겠다 그래. 허리를 구부정하게 말지 말고 가슴을 앞으로 내밀어 보거라. 그리고 제발 부탁인데 도대체 장갑은 아껴뒀다 뭐 하려고 안 끼는 거니.

순수한 아이들이 으레 가지는 산만함이 질베르트의 몸을 근질거리게 만들었다. 질베르트는 궁수나 고집 센 천사 또는 치마를 두른 소년의 행색이었으며, 어린 소녀 티를 내는 일은 아주 드물었다. 그럴 때면 "여덟 살밖에 안 먹은 세상 물정 모르는 애가 긴 치마를 입겠다고?"라며 알바레즈 부인은 말했다. "질베르트는 어쩜 좋아"하고 앙드레는 한숨을 쉬었다. 그러면 "굳이 제가 아니더라도 다른 일로 충분히 실망하실 텐데요"라고 질베르트는 천하태평으로 대꾸했다. 질베르트는 성격이 온순했으며 가족 외에는 거의 배타적일 정도로 집안에 틀어박혀 생활하는 데 익숙해 있었다. 누구도 질베르트의 외모에 대해 속단할 수 없었다. 웃을 때면 새로 나서 단단한 새하얀 이가 드러나는 커다란 입, 짧은 아래턱, 솟아난 광대 사이에 자리한 코⋯⋯ "세상에, 어디서 이런 작은 주먹코가 났지?"하고 질베르트의 어머니는 한숨지었다. 그러면 알바레즈 부인은 "딸아, 네가 모르면 누가 알겠냐?"하고 대꾸했다. 앙드레로 말하자면, 늦게 철이 들고 너무 일찍 지친 까닭에 말수가 적었으며 자신의 여린 목을 습관적으로 가다듬는 사람이었다. "지지는 아직 가공되지 않은 원석이야, 그 결과물은 아주 훌륭할 수도, 아주 끔찍할 수도 있지"하고 알리시아 큰할머니는 자신만만하게 말했다.

— 할머니, 누가 초인종을 울려요. 제가 가서 문을 열게요⋯⋯ 할머니, 가스통 아저씨예요! 질베르트가 복도에서 외쳤다.

질베르트는 키가 큰 젊은 청년과 함께 마치 학교에서 쉬는 시간에 아이들이 유치한 장난을 벌이거나 자못 진지한 기색으로 팔짱을 끼고 들어왔다.

— 아쉽네요 아저씨, 만나자마자 바로 헤어져야 한다니! 할머니가 알리시아 큰할머니 댁에 다녀오라 하셔서요! 오늘은 어떤 차를 타고 오셨어요? 이번에 디옹부통에서 새로 나온 사 인승 컨버터블인가요? 한 손으로도 운전할 수 있을 정도라고 광고에서 나오던데요! 아저씨, 정말 예쁜 장갑을 갖고 계시네요! 그런데, 아저씨, 리안과는 헤어지신 거예요?

— 질베르트? 그게 너랑 무슨 상관이냐? 알바레즈 부인이 혼을 냈다.

— 하지만, 할머니, 모든 사람들이 그 얘기를 하는걸요.『질 블라스』에 나와 있대요. 기사가 이렇게 시작한다죠. 남모를 어떤 고통이 설탕 공장의 설탕 포대 속으로 은밀하게 스며들고 있다고…… 초급반 수업 시간에도 친구들이 저한테 온통 그 얘기를 했어요. 제가 아저씨랑 친하다는 걸 알거든요. 그런데 아저씨, 학교에서는 리안 편을 드는 사람은 없어요! 사람들은 리안이 처신을 잘 못했다고 생각하거든요!

● 1883년부터 1953년까지 존속하였던 프랑스 차량 제조회사로 열차나 승용차를 전문으로 제작하였다.
●● 1879년부터 1940년까지 발행된 일간지로, 1891년부터 발행한 삽화 부록으로 큰 인기를 끌었다. 랭보, 모파상, 졸라 등 유명 작가들이 작품을 연재하는 발표지면 역할도 하였다.

— 질베르트! 라사이유 씨께 인사드리고 얼른 가거라! 알바레즈 부인이 말을 반복했다.

— 질베르트를 그냥 두세요. 가스통 라사이유 씨가 한숨을 내쉬며 말했다. 리안은 악의로 그런 게 아니었어, 적어도. 리안과 내가 헤어졌다는 건 완전한 사실이란다. 너 알리시아 큰할머니 댁에 가는구나, 지지? 내 자동차를 타고 갔다가 차는 여기로 다시 돌려보내주렴.

질베르트는 너무 기뻐 소리쳤고, 라사이유 씨를 껴안았다.

— 고마워요 아저씨! 알리시아 할머니가 어떤 표정을 지을까! 관리인 아주머니가 깜짝 놀라겠지!

질베르트는 고삐 풀린 망아지마냥 소란스럽게 출발했다.

— 애 버릇만 나빠지는데요, 가스통 씨. 알바레즈 부인이 말했다.

그 점에 관해서 부인은 사실과 다르게 말했다. 가스통 라사이유는 누군가를 애지중지하거나 호사를 안겨주는 법을 모르는 사람이었으며, 그가 스스로 누리는 호사란 것들은 자신이 만든 선을 넘는 법이 없었다. 승용차들, 몽소 공원에 인접한 쓸쓸한 저택, 리안에게 다달이 부치는 생활비, 기념일에 선물로 건네는 보석들, 샴페인, 여름엔 도빌의 카지노, 겨울에는 몬테카를로의 카지노 따위가 그가 누리는 호사의 전부였다. 때때로 그는 막대한 현금을 기부금으로 써버리거나, 머지않아 중부 유럽의 어떤 통치자에게 되팔 심산으로 요트를 구입하거나, 새로 창간한 언론지를 후원했지만 그런 일로 크게 즐거울 수는 없었다. 거울을 바라볼 때마다 그는 말했다. "한심한 남자의 모습이 따로 없군." 다소 긴 코에 검고 큰 눈을 보며 대다수 사람들은 그를 등쳐먹을 생각에 급급했다.

그러나 그는 사업적 직감과 부유한 남성이 가지는 경계심 덕분에 스스로를 잘 보호할 수 있었고, 어느 누구도 하물며 그의 셔츠에 달린 진주나 보석이 알알이 박힌 금속제 담배 케이스 따위라도 훔칠 수 없었다. 검은 담비 털로 안감을 댄 플리스는 물론이었다.

● 파리 8구 생라자르 역과 에투알 개선문 사이에 위치한 공원이다.
●● 프랑스 바스노르망디 주의 항구도시로, 나폴레옹 3세 시기 이후 귀족들의 휴양지로 유명하였다.
●●● 모나코의 중앙에 위치한 지역으로 카지노와 고급호텔이 즐비한 휴양지로 유명하였다.

창가에서 그는 자신의 자동차가 출발하는 모습을 보았다. 그 해에는 차체가 높고 내부 공간이 넉넉한 자동차들이 유행했는데, 카롤린 오테로Caroline Otero나 리안 드 푸지Liane de Pougy와 같이 1899년에 이름을 날렸던 연예계 여성들이 착용하는 터무니없이 큰 모자 때문이었다.

— 아주머니, 캐모마일 차를 한 잔 맛볼 수 있을까요? 가스통 라사이유가 말했다.

— 두 잔도 드리죠. 앉으세요, 가스통 씨. 알바레즈 부인이 말했다.

부인은 쿠션이 꺼진 소파 위에 놓여있던 신문지들, 꿰매려고 둔 스타킹, 아장 드 상주라는 상표가 적힌 감초사탕 한 상자를 치웠다. 실연당한 남자는 안주인이 쟁반에 찻잔을 준비할 때까지 안락함에 미끄러지듯 몸을 맡겼다.

— 어째서 저희 집에서 우린 캐모마일 차에서는 묵은 국화 향기가 나는 걸까요? 가스통 씨가 토로했다.

— 정성을 들여야죠. 가스통 씨, 저는 언제나 이것처럼 최상급의 캐모마일을 파리의 빈 공터에서 따온답니

• 에스파냐 출신의 배우로 프랑스로 건너와 폴리 베르제르 카바레에서 벨 오테로라는 예명으로 활동하며 유명인사가 되었다.
•• 프랑스 출신의 무용가로 본명은 안마리 사세뉴였으나 무용계에 입문하며 리안 드 푸지라는 예명으로 활동하였다. 폴리 베르제르에서 데뷔한 뒤 유명세를 떨치며 벨 오테로와 경쟁하였다.

다. 겉으로 보기에는 아주 작은 캐모마일이긴 하지요. 하지만 맛은 훌륭하답니다. 세상에, 당신 양복의 옷감이 아주 좋네요! 흐릿한 줄무늬가 아주 세련되었어요. 돌아가신 당신 부친께서도 아끼셨던 옷감이죠. 그래도 분명하게 말하지만, 그 분이 당신만큼 세련되게 입을 줄은 모르셨어요.

알바레즈 부인은 딱 한 번 만났던 것에 그쳤던 그의 부친 라사이유 씨와의 기억을 언급하는 것에 불과하였으나, 마치 부친을 생전에 잘 알았던 것처럼 말하곤 했다. 부인과 부친의 생전 관계가 어떠하였든 그 자체는 부인에게 가스통 라사이유와 알고 지낸다는 것, 그리고 부유한 남자가 낡은 소파에 파묻혀 가난한 사람들의 즐거움을 맛보며 쉬는 모습을 바라보는 것 이상의 이점을 주지 못했다. 가스 불로 그을음이 인 천장 아래에서 복닥거리는 세 명의 여성은 그에게 진주 목걸이도, 씨알 굵은 다이아몬드가 박힌 반지도, 친칠라 모피로 만든 코트도 요구하지 않았으며, 세상을 떠들썩하게 만들고 도무지 이해할 수 없는 스캔들에 대해 이야기할 때에도 품위와 배려를 잃는 법이 없었다. 열

두 살이 되고나서, 지지는 오테로의 커다란 흑진주 목걸이가 '담갔다 뺀 것', 다시 말해 인위적으로 색을 입힌 것이며, 세 겹짜리 목걸이야말로 '하나의 왕국'에 비견할 가치를 지녔다는 사실을 알았다. 푸지의 일곱 겹 목걸이는 생기가 없으며, 외제니 푸제르Eugénie Fougère의 그 유명한 다이아몬드 장식의 볼레로도 별 볼 일 없으며, 체면을 중요하게 생각하는 여자라면 보라색 새틴으로 안을 장식한 안토콜스키Antokolski 양의 마차 같은 건 타지 않으리라는 것도 알았다.

질베르트는 자신의 학급 친구였던 리디아 포레가 에프라임 남작에게 선물 받았다는 큼직한 다이아몬드가 한 알 박힌 반지를 자랑했을 때 망설임 없이 절교했다.

— 다이아몬드 반지라고! 열다섯 살 소녀한테! 그 애 엄마가 미쳤나보구나. 알바레즈 부인이 외쳤다.

— 하지만, 할머니, 리디아의 잘못이 아니잖아요. 남작이 선물로 준 걸요! 지지가 변호했다.

— 조용히 해라! 남작을 가지고 뭐라 하는 게 아니다. 남작은 자기 할 일을 한 것뿐이다. 포레 부인이 조금이

• 프랑스 출신의 패션모델로 화류계에서 절정의 인기를 구가하였으며 화려한 보석과 의상으로 유명하였다. 보석을 노린 강도에 의해 세상을 떠났다.
•• 러시아 출신으로 프랑스에서 활동하였던 조각가 안토콜스키의 막내딸로 사교계의 유명인사였다.

라도 상식이 있다면 그 반지를 은행 금고에 넣어 보관하고 기다렸을 거다.

― 뭐를 기다리는데요, 할머니?

― 앞으로 일어날 일이지.

― 왜 자기 보석 상자에 보관하지 않고요?

― 무슨 일이 생길지 모르기 때문이다. 특히나 남작은 갈대 같은 마음을 가진 남자다. 만일 남작이 분명하게 입장을 밝혔다고 한다면 포레 부인은 자기 딸을 등교시키지 않는 게 상식이다. 무슨 일인지 명확하게 밝혀지기 전까지는 등하교할 때 리디아와 같이 다니지 말거라. 도대체 무슨 일인지 원!

― 할머니, 만약 리디아가 결혼하면요?

― 결혼을 한다고? 누구랑 결혼을 한단 말이냐?

― 남작이랑요?

알바레즈 부인과 앙드레는 어안이 벙벙해서 서로를 번갈아 바라보았다. "얘 때문에 환장하겠어요. 어디 다른 세상에서 떨어져 나왔나 봐." 앙드레가 중얼거렸다.

— 자, 가스통 씨, 그렇다면 결별이 사실이겠군요? 그렇다면 당신에게는 어쩌면 좋을지도 모르겠군요. 한편으로는 문제라고도 생각하실 거라 느낍니다만. 도대체 누구를 믿어야 좋을지…… 알바레즈 부인이 말했다.

가엾은 가스통은 뜨거운 캐모마일 차를 마시며 부인의 이야기를 들었다. 그는 전기로 작동하는 전등을 덮는 넓은 종 모양의 옥색 갓에 새겨진 그을린 장미 문양 장식을 바라볼 때와 마찬가지로 차를 마시면서 위안을 느꼈다. 반짇고리 안에 담겨져 있던 것들이 반쯤 식탁 위에 놓여 있었고, 질베르트가 아무렇게나 둔 노트들도 있었다. 오른편 피아노 위에는 여덟 달 된 질베르트를 찍은 확대 사진이, 〈내가 만약 왕이라면〉의 배역으로 분한 앙드레의 유화 초상과 짝을 이루어 놓여 있었다…… 추잡스럽지 않은 무질서함, 커튼의 기퓌르 문양을 투과한 봄철 태양의 빛줄기, 작은 불씨가 남은 난로에서 퍼지는 은은한 열기 등이 부유하고 고독하며 배반당한 남자의 감각을 자극하는 미약처럼 효력을 발휘하였다.

— 가스통 씨, 고통스럽다는 게 정말이신가요?

— 사실대로 말씀드리면, 저는 고통스럽지 않습니다. 고통이라기보다는 차라리…… 지겨워진 거죠.

— 귀찮게 하려는 것은 아니지만, 도대체 어떻게 된 일인가요? 신문에서 읽기는 했어요. 하지만 신문을 믿을 수가 있어야 말이죠? 알바레즈 부인이 물었다.

라사이유 씨는 끝을 빳빳하게 올린 작은 콧수염을 잡아당기고, 짧게 친 머리의 매무새를 손가락으로 만졌다.

— 오! 전에 있었던 일들과 거의 같은 상황이죠…… 리안은 자기 생일 선물을 기다렸다가, 선물을 받고 내뺐어요. 그렇게 넓지도 않은 노르망디로 달아나 어느 구석에 가서 숨어버렸으니, 미련한 사람이죠……. 리안이 숨어든 여관에 방이 두 개 뿐이라는 걸 아는 건 어렵지 않았어요, 하나는 리안이, 다른 하나는 팔레 드 글라스•의 스케이트 강사였던 상도미르였죠.

— 그 사람 오후 티타임 파티에서 폴레르Polaire••의 춤 상대였던 사람이죠? 아! 요즘 여자들은 거리를 두고 조

• 샹젤리제 인근에 있었던 빙상장으로 타원형의 대형 링크와 2층 규모의 관람시설을 갖추고 있었다.
•• 알제리 출신의 프랑스인으로 가수와 배우로서 상당한 명성을 얻은 사교계 인사였다.

심하는 법을 몰라요. 어쩜 자기 생일 바로 다음 날에……
아! 저급한 행동이에요…… 게다가 정직하지 못한 처신이
기도 하고요.

    알바레즈 부인은 새끼손가락을 들고 스푼으로 찻잔을 저었다. 부인이 시선을 낮추었을 때, 그의 눈꺼풀은 불룩 튀어 나온 두 눈을 완전히 덮지 못했는데, 그 얼굴이 조르주 상드와 똑 닮아 보이게 만들었다.

    — 그녀에게 목걸이를 선물로 줬어요. 서른일곱 알의 진주를 꿰어 만든 말 그대로 목걸이죠. 가운데에 꿰인 알은 제 엄지만 한 크기였어요.

    그는 하얗고 잘 손질된 자신의 엄지손가락을 들어 올렸고, 알바레즈 부인은 그만한 크기의 진주에 대한 감탄을 내보였다.

    — 남자로서 품위를 지키셨군요. 정말 잘 하셨어요, 가스통 씨. 부인이 말했다.

    — 제 여자만 잃게 됐죠, 네.

    알바레즈 부인은 그의 대답을 듣지 못한 체했다.

— 가스통, 만일 내가 당신이었다면 나는 그 여자에게 복수할 방법을 궁리했을 거예요. 사교계 여자를 만나는 거지요.

— 처방 감사합니다. 라사이유 씨가 홀린 듯이 감초 사탕을 먹으며 말했다.

— 때로는 일을 더 악화시킬 수도 있긴 하지만요. 애꾸눈이 된 말을 두 눈이 먼 말과 바꾸게 될 수도 있으니까요. 알바레즈 부인이 넌지시 여지를 남겼다.

그러고 나서 부인은 가스통 라사이유의 침묵을 방해하지 않았다. 피아노 소리가 천장을 타고 먹먹하게 들려왔다. 말 없는 방문객은 자신의 찻잔을 모두 비웠고, 알바레즈 부인은 잔을 다시 채웠다.

— 가족들은 잘 지내시나요? 알리시아 할머니는 어떠세요?

— 당신도 알겠지만, 저희 언니는 항상 변함없지요. 남들 시선을 떠나서 틀어박혀 지낸답니다. 언니는 추한 현실에서 사느니 아름다운 과거 속에서 사는 게 더 좋대요.

• 프랑스의 속담으로 혹 떼려다 혹 붙인다는 의미이다.

언니가 만났다던 에스파냐나 밀라노의 왕, 이집트의 부왕, 여섯 명이 한 세트인 인도의 영주들 속에서 말이에요. 언니 말에 의하면 그래요! 언니는 지지한테 잘 해줍니다. 언니가 지지를 좀 성장이 늦은 애로 보고 있기는 하다만, 그래서 지지에게 이것저것 가르쳐주고 있죠. 지난주에는 지지에게 아메리카 식 바닷가재 요리를 의젓하게 먹는 방법을 가르쳐줬답니다.

— 그건 왜요?

— 언니가 말하기를 정말 꼭 필요하다나 뭐라나. 아이를 가르치는 데 있어 세 가지 걸림돌이 있는데, 아메리카 식 바닷가재, 반숙달걀 그리고 아스파라거스를 먹는 법이래요. 식사 자리에서의 예법을 모른다는 이유로 많은 부부가 헤어진다던데요.

— 맞는 말씀이군요…… 맞는 말씀이에요. 라사이유 씨가 생각에 잠겨 말했다.

— 오! 언니는 그런 면에서는 놓치는 법이 없어요…… 지지 그 애도 재미가 들렸어요, 걔는 먹을 것에 관심

• 1850년대부터 프랑스에서 개발된 바닷가재 요리로 토마토와 올리브유, 백포도주 등을 넣어 만든 아메리칸 소스를 익힌 바닷가재에 곁들여 먹는 음식이다.

이 많거든요! 먹을 때 입처럼 그 애 머리도 빠릿빠릿하게 움직였으면 얼마나 좋았을까요! 애가 무슨 열 살 밖에 안 먹은 듯이 행동하니 말이에요. 그런데 당신 이번 꽃 축제를 위해 어떤 멋진 계획을 준비하고 있나요? 이번에도 사람들을 깜짝 놀라게 할 심산이겠죠?

― 그렇진 않아요. 제 불행을 핑계로 이번에 붉은 장미꽃 값을 좀 아낄까 생각합니다. 가스통 씨가 투덜댔다.

알바레즈 부인은 손을 두 손을 맞잡았다.

― 오! 가스통 씨, 그렇게 하시면 안 돼요! 당신이 빠지면 축제 행렬이 장례 행렬이 될 걸요!

― 그렇다면 그런 거겠죠. 가스통 씨가 침울한 기색으로 말했다.

― 수를 놓은 축제 우승기가 발레리 슈니아긴에게 돌아가게 둘 거예요? 아! 가스통 씨, 그렇게는 안 돼요!

― 그리 될 겁니다. 발레리가 받을 만하니까요.

― 게다가 그 여자는 축제 준비에 한 푼 손해도 보지 않는 걸요! 가스통 씨, 작년에 그가 축제에 썼던 만 개의

꽃다발이 어디서 왔는지 아세요? 여자 셋을 사서 이틀 밤낮을 꼬박 꽃다발을 묶는 데 썼대요, 꽃들은 전부 레알에서 샀고요! 레알이라니! 사륜마차와 마부의 채찍, 그리고 라숌의 상표가 찍힌 마구를 찬 말이 레알의 꽃을 모조리 쓸어갔다는군요.

— 그런 방법이 있었군요. 이런, 제가 감초 사탕을 전부 먹어버렸네요! 라사이유 씨가 명랑하게 말했다.

군인처럼 딱딱 끊어지는 질베르트의 발소리가 옆 대기실에서 울렸다.

— 벌써 돌아왔니? 무슨 일이지? 알바레즈 부인이 말했다.

— 무슨 일이냐면, 알리시아 큰할머니가 좀 편찮으시대요. 중요한 건 내가 아저씨의 부릉부릉을 타고 다녀왔다는 거죠. 지지가 말했다.

그의 입술 사이로 빛나는 치아가 드러났다.

— 아저씨, 들어보세요. 아저씨 차를 타고 가면서 저는 죽으러 끌려가는 사람 같은 표정을 지었어요, 이렇게

● 레알은 파리 중심부에 위치한 시장 구역으로 오랜 시간 파리의 역사와 함께 한 공간이다.
●● 1845년에 파리에 개업한 고급 꽃집을 말한다.

요. 이 세상 모든 사치에 싫증이 난 것처럼요. 엄청 재미있었어요.

질베르트가 자기 모자를 멀리 집어던지자, 머리카락이 관자놀이와 뺨 위로 흘러내렸다.

질베르트는 적당한 높이의 스툴 위에 앉아서는 무릎을 접어 턱에 닿게끔 다리를 몸쪽으로 바싹 당겨 앉았다.

▷ — 저기 아저씨? 무슨 안 좋은 꿈이라도 꾸셨어요? 저랑 피케 한 판 하실래요? 일요일이잖아요, 엄마는 저녁 식사 때까지는 들어오지 않을 거예요. 누가 내 감초 사탕 다 먹었어? 아! 아저씨, 우리 이제 친하게 지내지 말아요! 아니면 최소한 원상복구라도 해주셔야죠?

— 질베르트, 바로 앉아라! 알바레즈 부인이 질책했다. 다리 내려. 가스통 씨가 네 감초 사탕에 신경 쓸 겨를이 있으신 줄 알아? 치마 내려라. 가스통 씨, 질베르트를 방으로 돌려보낼까요?

세상을 떠난 라사이유 씨의 아들은, 질베르트가 가져오는 한 벌의 낡은 카드를 바라보며, 자기 불행을 토로

● 피케란 포커 카드를 이용한 카드 놀이의 일종이다.

하고, 오래된 소파에서 잠에 들고, 피케를 치고 싶고, 조금 울고 싶다는 무서운 욕구와 맞서고 있었다.

— 아이는 그냥 두세요. 여기서는 한숨 돌리고 쉴 수 있군요…… 지지, 게임에 설탕 십 킬로그램을 걸겠다.

— 그건 별로 끌리지 않아요, 아저씨 설탕 말이에요. 저는 사탕이 더 좋거든요.

— 그게 그거야. 설탕은 사탕보다 몸에 더 좋거든.

— 그거야 아저씨가 설탕을 만드시니까 그렇게 말씀하시는 거죠.

— 질베르트, 너 아주 슬슬 기어오른다!

슬픔에 잠긴 가스통 라사이유의 눈가에 웃음이 서렸다.

— 그냥 두세요, 아주머니…… 지지, 그럼 내가 지면 뭐를 받고 싶니? 실크 스타킹?

질베르트는 도톰한 입술을 비죽거리며 아이 특유의 표정을 지었다.

— 실크 스타킹은 너무 가려워요. 그것보다……

질베르트가 천장을 향해 들창코 천사 같은 얼굴을 치켜들고 고개를 갸웃거리자, 머리카락 가닥들이 두 뺨에 흘러내렸다.

▷　　— 저는 페르세폰에서 만든 옥색 코르셋이랑 로코코 풍 장미 문양이 수놓아진 가터벨트가 갖고 싶어요…… 아니야, 악보통이 더 좋겠는데.

　　— 너 음악 배우니?

　　— 아뇨, 하지만 상급반 학생들은 공책들을 악보
▷ 통에 넣고 다녀요, 그러면 콩세르바투아르에 다니는 것처럼 보이거든요.

　　— 질베르트, 그러다 한 대 맞으면 좋다고 하겠다. 알바레즈 부인이 말했다.

　　— 악보통도 감초 사탕도 다 걸도록 하지. 시작하자, 지지야.

　　그 즉시, 제당업 집안의 장남 라사이유 씨는 적극적으로 내기에 임했다. 저음의 목소리를 내게 하는 그의 큰 코와 고동색의 두 눈은, 어깨가 귀에 닿을 만큼 비스듬히

• 페르세폰은 코르셋을 제조하던 업체의 상표를 말한다.
•• 콩세르바투아르는 1795년 파리에 설립된 국립음악원이다.

앉아 팔을 괴고 푸른 눈과 열기를 띈 붉은 뺨의 모습이 마치 술에 취한 것처럼 보이는 자신의 상대를 겁주는 데 실패하였다. 둘은 열심히 게임에 임했고, 혼자만 들릴 듯한 소리로 서로에게 비아냥댔다. "커다란 거미, 다 자란 산시금치 같은 것"이라고 라사이유 씨가 말하면 "까마귀 코 같으니" 하고 지지가 맞받아쳤다. 삼월의 석양이 좁은 골목을 지나 저물었다.

― 가스통 씨 당신을 얼른 보내려고 그러는 건 아닙니다만, 일곱 시 반이 되어서요, 저녁거리를 좀 보고 와도 될까요? 알바레즈 부인이 말했다.

― 일곱 시 반이라고! 라사이유 씨가 외쳤다. 라뤼 씨 댁에서 디옹, 페도, 바르투 하나와 저녁을 들기로 했는데! 네 차례다, 지지.

― 왜 바르투 하나라고 말씀하세요? 바르투가 여럿이에요? 질베르트가 물었다.

― 둘이야. 하나는 잘 생긴 청년이고 다른 하나는 그보다는 덜 잘 생겼지만 아주 유명하지. 잘 생긴 쪽은 덜

유명하고.

▷ — 참 불공평하네요. 그런데 페도Feydeau 씨는 누구예요? 질베르트가 물었다.

라사이유 씨는 놀라서 카드를 내려놓았다.

— 세상에, 아무리 그래도……! 페도 씨를 모른다니! 너 극장은 아예 안 가니?

— 거의 안 가죠, 아저씨.

— 연극이 별로 재미없어?

— 그렇게 막 좋아하지는 않아요. 할머니랑 알리시아 큰할머니는 연극이 인생의 중요한 문제를 고민하는 일을 방해한대요. 제가 이렇게 말한 건 할머니한테는 비밀이에요.

질베르트는 자신의 머리칼을 귀 위로 들어 올렸다가, 한숨을 내쉬며 다시 떨구었다 "쳇! 이 갈기 같은 머리 때문에 더워 죽겠어요!"

— 그럼 인생의 중요한 문제가 뭐라고 하셨니?

— 오! 그것까지 외우지는 못해요, 가스통 아저씨.

• 불바르 풍의 유쾌한 희극을 주로 창작하여 유명했던 극작가 조르주 페도를 말한다.

그 점에 대해서 두 분의 말씀이 항상 같은 것도 아니거든요. 할머니는 이렇게 말씀하세요. "소설을 읽지 마라, 사람이 우울해진다. 분칠을 하지 마라, 얼굴 망친다. 그리고, 코르셋을 입지 마라, 몸매 망친다. 가게 유리창 앞에 혼자 멈춰 서있지 마라…… 학교 친구들의 가족들과 어울리지 마라, 특히 하교 시간에 자기 딸을 기다리는 아빠는 조심해야 한다……"

질베르트는 마치 뛰어가는 아이처럼 말 중간마다 숨을 내쉬며 빠른 속도로 이야기했다.

— 그 위에, 알리시아 큰할머니가 다른 의견을 더 하시는 거죠! 제가 아동용 코르셋을 찰 나이가 지났고, 무용과 예절 교육을 받아야만 하고, 보석에서 캐럿이 무엇을 의미하는지를 알아야 되고, 연예인들이 입는 옷에 큰 관심을 가져서는 안 된다는 거예요. "아주 분명한 사실은, 네가 극장에서 보는 모든 옷들 중에 실제로 입었을 때 우스꽝스럽지 않은 옷은 그 중에 단 한 벌도 없단다……" 알리시아 큰할머니는 이렇게 말했어요. 그래서 제 머리가 터질 것만

같아요…… 오늘 저녁에 라뤼 씨 댁에선 뭘 드실 거예요, 아저씨?

— 나도 모르지! 홍합을 곁들인 가자미 필레나 한번 먹어볼까. 아니면 송로버섯으로 맛을 낸 양 볼깃살이나 한번… 뭐 하고 있어, 지지. 난 다섯 장 모았는데.

— 그렇게는 안 될 걸요. 제가 나름 타짜라서요. 우리 집은 오늘 저녁에 남은 카술레를 데워 먹을 거예요. 저는 카술레가 좋아요.

— 돼지껍데기를 넣고 끓인 평범한 카술레예요. 이번 주는 거위고기 값이 비싸네요. 이네스 알바레즈가 겸손하게 말했다.

— 봉아브리의 거위를 한 마리 보내드리지요. 가스통이 답했다.

— 감사합니다, 가스통 씨. 지지, 라사이유 씨 외투 입는 것을 도와드려라. 지팡이랑 모자도 가져다 드리고.

데운 카술레의 향기를 맡은 라사이유 씨가 아쉽고 침울한 표정으로 떠난 뒤, 알바레즈 부인은 손녀딸한테

• 카술레란 강낭콩과 소시지, 각종 가금의 고기 등을 넣고 푹 끓인 스튜로, 특히 랑그도크 지방의 향토 요리로 유명하다.

시선을 돌렸다.

　— 질베르트, 알리시아 큰할머니 댁에서 왜 그렇게 일찍 돌아왔는지 말해주겠니? 가족 아닌 사람 앞에서 공연히 집안일을 들먹거리는 건 올바르지 못한 일이니 가스통 씨 앞에서는 묻지 않았다. 너도 명심하거라.

　— 별일 아니었어요, 할머니. 알리시아 큰할머니는 머리가 아프다는 표시로 이마에다 레이스 천을 동여매고 계셨어요. 이렇게 말씀하셨죠. "몸 상태가 별로구나." 그래서 제가 여쭈어봤죠. "오! 방해되고 싶진 않아요, 집으로 돌아갈게요." 할머니가 말하셨어요. "오 분만 쉬었다 가거라." 저는 말했죠 "오! 전 힘들지 않아요. 차를 타고 왔거든요." "차를 탔다고!" 할머니가 두 손을 이렇게 들면서 말씀하셨어요. 할머니도 짐작하시겠지만, 알리시아 큰할머니께 보여드리려고 차를 몇 분 세워두었거든요. "네, 아저씨가 저희 집에 계신 동안 저더러 타고 다녀오라 하신 디옹부통 사인승 컨버터블이에요. 아저씨는 리안과 헤어졌대요." "누구한테 그 소식을 이야기하는 거냐?" 할머니가 말했어요. "내

가 무슨 무덤 속에 갇혀서 연예계 소식도 모르고 지내는 줄 아느냐? 나도 안다, 가로등같이 키만 큰 여자와 헤어졌다는 것 말이다. 그래, 집으로 돌아가거라. 이 가엾고 병든 할망구랑 있느라 지루할 테니 말이다. 할머니는 제가 차를 타고 떠나는 동안 창가에서 손을 흔들어 주셨어요.

알바레즈 부인이 입술을 비죽였다.

— 가엾고 병든 할망구라고! 평생 살면서 감기 한 번 안 걸려본 사람이! 어쩜 뻔뻔하기는! 어쩜……

— 할머니, 아저씨가 제 감초 사탕이랑 악보통을 잊지 않으실까요?

알바레즈 부인은 느리고 둔한 몸짓으로 천장을 올려다보았다.

— 그럴지도 모르지, 아가야, 그럴지도 몰라.

— 아저씨가 게임에서 졌으니까 걸었던 걸 저한테 줘야 되겠죠?

— 그럼, 그럼. 너에게 줘야지. 아마도 곧 받게 될 거다. 이제 카드는 치우고 상을 보거라.

— 네, 할머니…… 할머니, 아저씨가 리안에 대해 뭐라고 안 하셨어요? 정말로 목걸이만 홀랑 받고 상도미르랑 뺑소니를 친 건가요?

— 우선 "뺑소니를 쳤다"는 말은 하는 게 아니다. 그리고 머리 뒤에 묶은 리본을 매만져줄 테니 이리 오거라. 머리카락을 수프에 적셔서 아주 같이 먹으려고 그러는구나. 끝으로, 사람 구실을 제대로 못하는 사람에게 일어난 일이나 그 행동을 네가 굳이 알 필요는 없다. 그건 가스통 씨에게 달린 일이니 말이다.

— 하지만, 할머니, 그 일들은 가스통 씨의 일만은 아니에요, 모든 사람들이 그 일을 말하고 또 『질 블라스』지에도 실렸잖아요.

— 조용! 너는 리안 덱셀망의 행실이 일반적인 도덕을 거스른다는 사실만 알아도 충분하다. 네 엄마가 먹을 햄은 접시를 덮어서 찬 곳에 놓아 두거라.

앙드레가 도착했을 때 질베르트는 자고 있었다. 오페라코미크 공연을 알리는 포스터에 작은 글씨로 새겨진 이름의 주인인 앙드레 알바르가 집에 돌아왔다. 식탁에 앉아 기다리던 어머니 알바레즈 부인은 항상 그렇듯이 앙드레에게 피곤하지는 않느냐고 물었다. 가족 안에서 통용되는 관례를 따르는 의미로, 앙드레는 알바레즈 부인에게 기다리는 동안 잠도 자지 않았느냐고 볼멘소리를 던졌지만, 알바레즈 부인은 마땅히 이렇게 대답했다.

— 네가 집에 들어오는 것을 보지 못하면 편히 잘 수가 없어서 그런다. 햄이랑 데운 카술레 한 그릇을 남겨 놓았어. 말린 자두 구운 것도 있고. 창가에 맥주도 있다.

— 아이는 자고 있어요?

— 물론이지.

염세주의자의 식욕을 입증이라도 하듯, 앙드레 알바르는 대단한 기세로 음식을 입 속으로 감추었다.

얼굴에 바른 화장이 앙드레를 여전히 아름답게 만들었다. 하지만 화장을 지우면 그녀의 눈가는 장밋빛으로 붉어있었으며 입술은 생기가 없었다. 그래서 알리시아 이모는 연극 무대에서 앙드레의 성공이 일상에서의 성공으로 이어지지는 않을 것이라고 단언했다.

— 딸아, 오늘 노래는 잘 불렀니?

앙드레는 어깨를 으쓱했다.

— 네. 잘 불렀어요. 그게 무슨 소용이겠어요? 티펜 좋은 일만 시키는 꼴인데요, 아시잖아요. 아! 이런……이렇게 살아가는 걸 제가 어떻게 버티고 있나 몰라요.

— 네가 선택했잖니. 하지만 누군가 만나는 사람이 생기면 잘 버텨낼 거다. 알바레즈 부인이 충고하듯 말했다. 네가 그렇게 신경이 곤두선 건 쓸쓸해서 그래. 그래서 온 세상이 다 어두워 보이는 거다. 다른 사람들 봐라.

— 오! 엄마, 잔소리는 말아요. 그러지 않아도 이미 충분히 피곤하거든요…… 오늘 무슨 일 있었어요?

— 아니. 가스통이 리안이랑 깨졌다는 얘기밖에는 안 했다.

— 그랬을 거 같아요. 유행에서 뒤떨어졌다는 오페라코미크 무대에서도 다들 그 얘기니까요.

— 세상을 뒤흔든 사건이니까. 알바레즈 부인이

말했다.

― 벌써 또 다른 여자를 만나는 거 아니에요?

― 말하는 것 좀 봐! 그게 최근 일이다. 그 사람 속은 아주 망가졌더구나. 여덟아홉 시간 전에 그 사람이 네가 앉은 그 자리에 앉아서 지지랑 피케를 친 걸 아니? 그 사람이 말하기를 올해 꽃 축제에 나가지도 않는다더라.

― 정말요?

― 그래. 만약 그가 안 나가면 사람들의 관심이 집중될 거다. 나는 그런 결정을 내리기 전에 다시 한 번 고민해보라고 일러줬단다.

― 극장 사람들이 말하기를 뮤직홀을 다니는 어떤 가수가 조만간 행운을 잡을 거래요. 올랭피아에서 일하는 코브라라는 이름을 가진 사람인데, 폭스테리어 한 마리나 들어갈 크기의 바구니를 무대 위에다 가져다 놓으면, 그 여자가 마치 뱀처럼 거기서 나오는 묘기를 즉석에서 선보인대요.

알바레즈 부인은 경멸의 표시로 커다란 아랫입술

• 1893년 파리 카퓌신 대로에 설립된 유명 뮤직홀을 말한다.

을 비죽였다.

— 가스통 라사이유 씨가 뮤직홀의 가수들 따위를 만나지는 않을 거다. 그 사람처럼 유명세를 가진 사람이라면 사교계에서 귀족들을 응대하는 여자나 성에 찰 게 분명하다.

— 예쁜 젖소들 말이죠. 앙드레가 중얼거렸다.

— 말을 가려서 해라 딸아. 사물이나 사람을 이름 그대로 부르는 건 좋을 게 하나 없는 일이다. 가스통 씨가 만났던 여자들은 수준이 있는 사람들이거든. 언젠가 그 사람이 결혼을 한다면 그런 높은 급의 여자와 맺어지는 것이야말로 기품 있는 결혼을 가능하게 하는 유일한 방편일 거다. 여하튼 그에게 조만간 무슨 일이 생긴다면 우리가 제일 먼저 알게 될 거다. 가스통 씨는 나를 무척이나 신뢰하고 있거든! 그 사람이 나한테 캐모마일 차 한 잔을 부탁했던 모습을 네가 봤으면 좋았을 걸…… 아직 어린애야. 애는 애지. 사실 그 사람 아직 서른셋이란다. 그러니 그 사람 어깨에 놓은 재산이 얼마나 짐이 되겠느냐?

● 프랑스어로 젖소는 매춘부를 뜻하는 은어로도 사용된다.

앙드레는 빈정대며 장밋빛 눈꺼풀을 깜빡였다.

— 동정하고 싶으면 동정하세요, 엄마. 트집 잡으려는 건 아닌데요, 그래도 우리가 가스통 씨를 알게 되고 나서 그 사람이 신뢰하는 만큼 우리에게 뭐 도움이 된 게 있나요.

— 그 사람이 우리한테 빚진 게 있니. 집에서 잼이나 퀴라소를 만들 땐 항상 그 사람 공장에서 만든 설탕을 쓰지, 그리고 가끔씩 설탕농장에서 기른 오리도 가져다주지, 지지한테 선물도 챙겨주지.

— 엄마가 그걸로 만족한다면야……

알바레즈 부인은 당당히 얼굴을 높이 들어올렸다.

— 그럼. 아주 만족하고말고. 내가 만족하지 않는다 해서 일이 바뀔 것도 아니고 말이야.

— 정리하자면, 우리한테는, 엄청난 부자라는 그 가스통 라사이유 씨는 부자가 아닌 거나 다름없는 거네요. 만약에 우리가 도움을 부탁하면 그땐 도와주기야 하겠지만요, 그렇죠?

알바레즈 부인이 가슴에 손을 얹었다.

— 그건 당연할 거다. 부인이 말했다.

부인은 다시 생각해본 뒤 말을 덧붙였다.

— 다만 그 사람에게 그런 부탁을 하지 않는 게 더 좋겠지.

앙드레는 도망간 여자의 사진이 실린 신문을 살펴보았다.

— 자세히 보니 그리 예쁘게 생긴 것도 아닌데요.

— 아니다. 알바레즈 부인이 답했다. 예쁘게 생겼어. 이것아, 그러니까 그만큼 유명한 게 아니겠니. 유명세와 성공은 우연히 딸려온 게 아니야. "푸지 부인의 일곱 겹 목걸이만 찬다면 나도 그 여자만큼 완벽하게 성공한 삶을 살 수 있겠지"라는 정신 나간 생각일랑 집어치워라. 나로서는 도통 이해가 안 간다. 눈 좀 씻으라고 캐모마일 차를 남겨놨으니 마시거라.

— 고마워요 엄마. 아이는 알리시아 이모 댁에 갔었어요?

— 가스통 씨 차를 타고 갔다 왔지. 가스통 씨가 타게 해줬단다. 한 시간에 육십 킬로미터는 달릴 수 있는 차일 거다! 지지가 얼마나 좋아하던지.

— 철없는 것, 그 애가 커서 뭘 할지 모르겠어요. 백화점에서 모델이 되어 옷을 입고 손님들에게 보여주거나, 아니면 상점 점원이나 되면 그 정도겠죠. 애가 좀 성장이 느린 거 같아요. 내가 그 나이였을 때는……

알바레즈 부인은 준엄하게 딸을 바라보았다.

— 네가 그 나이였을 때 했던 짓을 자랑할 필요는 없다. 내 기억이 정확하다면, 그 때 너는 너의 앞날을 전적으로 책임져주겠다던 제분업자 멘송 씨에게 퇴짜를 놓았지. 그러고는 한심한 음악 교사와 도망을 쳐서……

앙드레 알바르는 어머니의 반질거리는 앞머리에 입을 맞추었다.

— 엄마, 이 시간에 구박은 좀 참아주세요, 오늘은 너무 피곤하기도 하고…… 안녕히 주무세요, 엄마. 내일 열두 시 사십오 분에 연습이 있어요. 점심은 쉬는 시간에 간

이 식당에서 든든한 걸로 사 먹을 거니까 제 걱정은 마세요.

늘어지게 하품을 하며 앙드레는 딸이 자고 있는 불 꺼진 작은방으로 건너갔다. 그는 희미한 빛에 의지하여 질베르트의 머리 타래와 잠옷에 달린 러시아식 장식 줄 정도만 볼 수 있었다.

앙드레는 협소한 욕실에 틀어박혀서 늦은 시간인데도 물을 가득 채운 주전자를 가스 불 위에 올렸다. 알바레즈 부인은 자녀들에게 다른 미덕들, 가령 어떤 의식이나 규범 따위에 중요성을 지우며 다음과 같이 그토록 강조하였기 때문이다. "위급한 상황이나 여행처럼 부득이한 경우라면 세안은 다음날 아침으로 미룰 수 있다. 하지만 아랫도리 청결은 여성의 품위와 직결된다."

가족들 중 마지막으로 잠에 드는 알바레즈 부인은 제일 먼저 일어나서 파출부가 아침 커피를 준비하는 것을 기다렸다. 부인은 식당 겸 응접실로 쓰는 방에 놓인 기다란 다용도 소파에서 잠에 들었고, 일곱 시 반을 알리는 종이 치면 양 손에 신문과 우유를 사들고 오는 파출부를 위해 현관문을 열어주었다. 여덟 시에 부인은 벌써 머리카락에 웨이브를 주기 위해 꽂아놓은 핀을 빼내고, 아름다운 머리카락에 기름을 먹였다. 여덟 시 오십 분에는 질베르트가 단정하게 머리를 빗고 학교로 나선다. 열 시에 알바레즈 부인은 점심 식사 거리를 생각하는데, 이 말인 즉 방수 재질의 코트를 걸치고 그물 모양으로 성기게 뜬 장바구니를 팔에 끼고서 장을 보러 나가는 것이었다.

　　　　이날도 다른 날과 마찬가지로 부인은 질베르트가 늦잠을 자지 않을 것으로 생각하여 펄펄 끓고 있는 커피 주전자와 우유 주전자를 식탁에 놓고, 질베르트를 기다리며 신문을 펼쳤다. 그 때 질베르트는 아직 조금 졸린 듯하였으나 활기차게, 라벤더 향수의 향기를 내며 들어왔다. 알바레즈 부인이 소리치자 질베르트는 번뜩 정신을 차렸다.

　　　─ 네 엄마 깨워라, 지지! 리안 덱셀망이 자살을 시도했다는구나.

　　　─ 오……! 지지가 길게 소리쳤다. 리안이 죽었다고요?

― 그건 아니야! 미수로 그쳤다는구나.

― 무얼 사용했대요, 할머니? 권총이에요?

알바레즈 부인은 딱하다는 기색으로 손녀를 바라보았다.

― 무슨 소리니. 항상 그렇듯이 로다늄이지. "실의에 빠진 미녀의 앞날을 보장할 수는 없으나, 그의 머리맡을 지키는 의사 모레즈 씨와 펠르두 씨는 큰 고비는 넘겼다고 진단하였다……" 내 진단으로 말하자면, 덱셀망 부인은 이 소동으로 속만 버리고 끝날 모양이다.

― 할머니, 저번에 그 사람이 조르히비치 공 때문에 죽으려고 하지 않았어요?

― 너 생각이 있는 애니? 그건 베르투 드 소브테르 백작 때문이었잖니.

― 아! 네, 맞아요…… 그런데, 아저씨는 앞으로 어떻게 할까요?

알바레즈 부인의 커다란 눈망울이 잠시 생각에 잠겼다.

• 작품의 배경과 비슷한 시기에 러시아 황족에 속하는 로이히텐베르크 공작 알렉산드르 조르히비치라는 인물이 있으나, 작품의 인물과 동일인지의 여부는 불명이다. 조르히비치는 러시아 혁명이 발생하자 핀란드를 거쳐 프랑스로 망명하였다.

— 하늘에 달린 일이지, 아가야. 그 사람이 처음에는 사람들의 질문에 일절 답을 않아도, 곧 어찌될지 알게 될 거다. 언제나 일이 처음 생기면 말을 아끼는 법이지. 그러고 나면 신문이 그 사람 이야기로 가득 차게 된단다. 관리인 아주머니한테 석간신문을 가져다달라고 전해주렴. 아침 다 먹었니? 우유 두 잔이랑 잼 바른 빵 두 조각은 다 먹었지? 학교 가게 장갑을 껴라. 가면서 한 눈 팔지 말고. 나는 네 엄마를 깨워야겠다. 도대체 무슨 일인지……! 앙드레, 너 자니? 아! 일어났구나? 앙드레, 리안이 자살을 시도했단다.

— 상황을 바꿔보려고, 그 여자는 그런 생각밖에는 못하죠. 자살이 그리도 좋은가. 앙드레가 중얼거렸다.

— 헤어롤을 아직도 붙이고 있니, 앙드레?

— 연습 중에 머리 웨이브가 풀리면 어떡해요, 고마워요!

알바레즈 부인은 뿔처럼 달린 헤어롤에서 펠트 슬리퍼까지 딸을 위아래로 훑어보았다.

— 사람들이 보면 잘 보일 남자가 없어서 그런 꼴

이라고 생각하겠다, 딸아. 남자라도 있으면 가운에 슬리퍼만 달랑 입고 다니는 네 꼴이 좀 나아지련만. 자살이라니 도대체 무슨 일인지! 당연히 실패했지만 말이다.

앙드레의 핏기 없는 입술이 흘리는 조소에는 경멸이 어려 있었다.

— 로다늄 먹었다는 소리에 사람들 귀에 아주 딱지가 앉을 판이거든요. 그 여자 말이에요!

— 그 여자가 중요한 게 아니야. 라사이유 씨가 문제지. 라사이유 씨는 처음 겪는 일이잖니. 그 사람은 예전에, 어디보자…… 그 사람 신분증명서를 훔쳐 달아났던 장시안이라는 여자가 있었고, 그러고 나서는 결혼하자고 조르던 외국인 여자가 있었는데, 자살을 시도한 건 리안이 처음이거든. 이런 경우에는 그 사람처럼 유명한 사람이라면 몸가짐에 있어서 무척 조심해야 하는 법이란다!

— 그 사람요? 곧 한껏 거만해질 걸요, 보세요.

— 그럴 만도 하지. 조만간 큰일이 날 모양이구나. 이 일에 대해 알리시아 언니가 뭐라 말할지 궁금한걸……

알바레즈 부인이 말했다.

― 그 분은 잔뜩 부풀려서 생각하시겠죠.

― 알리시아 언니가 천사 같은 사람은 아니지만, 멀리 내다볼 수 있는 능력은 확실히 있어. 자기 집에서 한 발짝도 나가지도 않고 말이야!

― 나가실 필요가 없죠. 전화기를 쓰면 되니까요. 엄마, 우리도 집에 전화를 놓으면 안 돼요?

― 전화는 누가 공짜로 놓아준다든. 알바레즈 부인이 아쉬운 듯이 말했다. 지금도 이미 빠듯한데…… 전화기는 중요한 사업을 하는 남자 아니면 숨길 것이 많은 여자한테나 꼭 필요한 법이다. 만약에 말이다, 네가 생활 방식을 바꾸고 지지에게 일자리가 생기면…… 그땐 내가 먼저 전화를 놓자고 말할 거다. 하지만 지금은 아쉽게도 그럴 때가 아니구나.

부인은 한숨을 한번 내쉬고, 고무장갑을 낀 다음 우울한 기색 없이 집안일을 시작했다. 부인 덕분에, 아파트는 단출하고 낡기는 했지만 아예 못쓸 정도는 아니었다. 부인은 이전부터 정숙하지 못한 여성들로부터 존경받을 만한 생활습관을 지켜왔으며, 그것을 딸과 그 딸의 딸에게 가르쳐주었다. 침대시트는 열흘 이상 침대 위에 머무는 법이 없었으며, 집안일에 세탁에 다림질까지 도맡는 파출부는 알바레즈 부인의 집에서 자신이 손쓰기도 전에 여성들의 슈미즈나 속바지, 식사용 냅킨이 정돈될 정도라고 말하고 다녔다. "지지야, 신발 벗어라!" 하는 갑작스런 외침이 들리면 질베르트는 신발과 스타킹을 벗고, 하얀 발과 잘 손질된 발톱을 보이며 조금이라도 굳은살이 박힐 기미는 없는지 확인받았다.

덱셀망 부인의 자살 소동이 일어난 지 일주일 후에, 라사이유 씨의 반응은 다소 뜬금없었다. 그는 자기 저택에서 야회를 열었는데 거기에는 국립음악아카데미의 유명인사들이 참석하여 춤을 추었으며, 파티의 저녁 식사를 위해 프레카틀랑 레스토랑은 통상적인 개업일보다 보름이나 일찍 문을 열었다. 푸티Foottit와 쇼콜라Chocolat 듀오는 막간에 공연을 선보였다. 저녁 식사 테이블 사이로, 밑단에 레

• 파리 불로뉴 숲에 위치한 레스토랑을 겸한 고급 살롱으로 사교계 주요 인사들이 드나들었다.
•• 영국인 조지 푸티와 쿠바 출신의 프랑스인 라파엘 파딜라가 결성한 개그 콤비를 말한다.

이스 장식을 단 로데오 풍 치마바지에, 검은 머리칼 위에 하얀 모자를 쓴 리타 델 에리도Rita del Erido는 티 없이 아름다운 자신의 미모를 마치 거품에 둘러싸인 비너스처럼 하얀 타조 털 머플러로 감싼 모습이었다. 얼마나 아름다웠으면 파리 사람들은 가스통 라사이유 씨가 그를 끌어올려 설탕을 쌓아 올린 왕좌에 걸터앉게 할 거라고 오해하여 소문을 퍼트릴 정도였다. 하지만 이십사 시간이 지난 뒤, 사람들은 자신들이 잘못 생각했음을 알았다. 『질 블라스』지는 사실이 아닌 추측을 기사로 실었다는 이유로 가스통 라사이유 씨의 후원금을 잃을 뻔했다. 주간 연예지 『파리 아나무르』는 또 다른 오보를 다음과 같은 제호 아래 내보냈다. "젊고 부유한 양키 여자가 프랑스 설탕왕을 향한 자신의 속내를 감추지 못하다"

그런 와중에, 알바레즈 부인은 신문 기사를 읽는 동안 풍만한 가슴을 흔들어가며 한심하다는 듯이 웃었다. 왜냐하면 부인은 당사자인 가스통 라사이유 씨로부터 확실한 정보를 받고 있었기 때문이다. 그는 열흘 사이 두 차례

• 리타 델 에리도는 미국 서부풍 복장으로 무대에 올랐던 유명 무용수이다.

나 부인의 집을 방문해서는 캐모마일 차 한 잔을 얻어 마시고, 소라 껍데기처럼 안쪽이 움푹 파여 있는 소파에 사업의 피로와 외로운 남성의 불만으로 절여진 몸을 뉘어 휴식을 취했다. 게다가, 그는 지지를 위해 은도금 고리쇠가 달려있는, 러시아산 가죽으로 만든 유별난 모양의 악보통과 감초사탕 스무 상자를 가져다주었다.

알바레즈 부인은 푸아그라와 샴페인 여섯 병을 받았는데, 그러한 선심을 쓰고서 라사이유 아저씨는 지지 가족과 저녁 식사를 함께 할 기회를 얻어내었다.

다소 상기된 질베르트는 식사 시간 동안 학교에서 전해들은 이야기들을 말해주었으며, 가스통 씨와 피케를 쳐서 금제 만년필을 따냈다. 가스통 씨는 기꺼이 내기에서 져줬고, 기운을 차렸으며, 알바레즈 부인에게 지지를 가리키며 웃었다. "나의 절친한 친구가 여기 있었네요!" 느릿하지만 주의를 잃는 법이 없는 알바레즈 부인의 에스파냐 사람 같은 두 눈의 시선은 지지의 새하얀 이와 붉어진 두 뺨에서 지지의 머리카락을 한 움큼 쥐고 놀리듯이 당기는 라사이유 씨로 옮겨갔다. "요 녀석, 네 번째 왕 카드를 네 팔소매에 감추고 있었지!"

앙드레는 오페라코미크에서 근무를 마치고 돌아왔고, 라사이유 씨의 팔소매 위에서 몸을 부비는 산발이 된 지지를 바라보았다. 점판암 같이 아름답고 파란 두 눈은 너무 웃어서 눈물까지 나고 있었다…… 앙드레는 무슨 말을 해야 할지 몰랐고, 샴페인 한 잔을 받아들었다. 앙드레는 석 잔을 연거푸 입에 털어넣었다. 그런데 세 잔째에 이르러 앙드레가 가스통 라사이유 씨에게 오페라 〈라크메〉에 포함된 종들의 노래를 들려주려고 시동을 걸자, 알바레즈 부인은 그를 얼른 침대에 눕혔다.

다음 날, 어느 누구도 전날 저녁의 조촐한 파티를 언급하지 않았는데, 질베르트 만이 이렇게 외쳤다. "정말, 제 인생에서 최고로 많이 웃었어요! 이 만년필, 진짜 금이에요!" 질베르트의 흥분은 곧 어색한 침묵을 마주했고, 그게 아니면 "어허, 지지야, 요란 떨지 마라!" 하는 건조한 꾸중을 들을 뿐이었다.

• 1883년 레오 들리브가 창작한 3막의 오페라를 말한다.

그러고 나서 가스통 라사이유 씨는 보름 동안 생사를 모를 만큼 소식이 끊겼고, 알바레즈 가족은 신문을 통해서만 소식을 전해들을 뿐이었다.

― 너 봤니, 앙드레? 사교계 난에 가스통 라사이유 씨가 몬테카를로로 떠났다는 소식이 있더구나. "출발을 둘러싼 모종의 내연관계에 대해서 우리는 그 비밀을 들추지 않겠다……" 이게 무슨 말이냐!

― 할머니, 무용 수업 시간에 리디아 포레가 그러는데 리디아가 아저씨와 같은 열차를 탔었대요. 칸은 달랐고요! 할머니, 그게 사실일까요?

알바레즈 부인은 어깨를 으쓱했다.

― 그게 만일 사실이라 해도 어째서 그 집안사람들이 라사이유 씨인 줄 알겠느냐? 갑자기 라사이유 씨하고 친해지기라도 했다는 거냐?

― 그건 아니죠, 하지만 리디아 포레가 코메디프랑세즈에서 일하는 자기 이모의 분장실에서 그 이야기를 들었다고 했어요.

• 1680년 창단한 프랑스의 국립극단 또는 그 극단이 상주하는 팔레루아얄의 극장을 말한다.

알바레즈 부인 앙드레와 눈길을 주고받았다.

— 분장실이라고! 알 만하구나. 알바레즈 부인이 말했다.

부인은 앙드레가 고생하는 모습을 봐왔기에 예능인이라는 직업을 좋게 보지 않았다. 에밀리엔 달랑송 부인이 똑똑한 토끼를 데리고 재주를 부리게 했을 때, 무대 위에서 소녀보다도 더 수줍음을 타던 푸지 부인이 반짝거리는 장식이 달린 검은 망사 옷을 입고 마임 극에서 등장하는 콜롱빈 역할을 선보였을 때, 알바레즈 부인은 이 두 사람을 한마디로 싸잡아서 비난했다. "세상에, 어쩌다 저 꼴이 됐대?"

— 할머니, 말해주세요, 할머니. 질베르트가 물었다. 할머니는 라지비우Radziwill 공을 아세요?

— 얘가 지금 무슨 얘기를 하는 거야? 꿈이라도 꿨니? 어느 라지비우 공을 말하는 거냐? 한 명만 있는 게 아닌데.

— 모르겠어요. 지지가 말했다. 결혼한 사람 말이

• 리투아니아 대공국에서 기원한 폴란드 왕국의 유서 깊은 귀족 가문에 부여된 작위를 말한다.

에요. 그 사람 이름이 선물 목록에 있던데요. "공작석으로 만든 사무용품 세 점"이라고요. 공작석이 뭐예요?

— 얘! 아주 날 새겠구나? 여하튼 결혼한 사람이라면 더 볼 것도 없다.

— 하지만 만약 가스통 아저씨가 결혼하면, 아저씨도 더 볼 것 없는 거 아니에요?

— 그건 모르지. 그 사람이 정부와 결혼한다면 재미있을 거다. 슈니아긴 공이 발랑틴 데그르빌과 결혼했을 때, 벽에다 접시들을 집어던지고, 뒤랑 레스토랑이나 마들렌 광장 한가운데에서 다시 화해하고 하는 지난 십오 년간의 삶 말고 다른 삶은 원치 않는다는 사실이 명확해졌지. 그 여자가 스스로 인정받는 법을 아는 여자라는 게 명확해진 거야. 하지만, 이런 얘기는 너에게는 복잡할 거다, 가엾은 지지…

— 그럼 그 사람들이 같이 떠난 건 리안과 결혼하려고 그러는 걸까요?

알바레즈 부인은 유리창에 이마를 갖다 대었는데,

● 마들렌 광장과 루아얄 대로가 만나는 지점에 위치하였던 뒤랑 레스토랑은 유명인사들이 자주 찾는 명소였다. 마들렌 광장은 마들렌 성당 인근에 조성된 광장을 말한다.

길가의 반절은 덥히고 응달진 나머지 반절은 식게 두는 봄날의 태양에게 답을 구하는 것 같은 모습이었다.

— 아니다. 부인이 말했다. 어쩌면, 더 이상은 모르겠구나. 알리시아 할머니한테 물어봐야겠다. 지지, 할머니 댁에 같이 가자. 갔다가 나는 더 있을 테니 너 혼자 강둑을 따라서 돌아와도 된다. 그렇게 하면 바람을 좀 쐴 수 있을 거야. 요즘 같은 때에는 바람을 좀 쐬어야 해. 나는 몬테카를로나 카부르에서 일 년에 두 번밖에 바람을 쐬지 않긴 하지만, 그렇다고 건강하지 않은 건 아니다.

그 날 알바레즈 부인은 꽤 늦게 집에 돌아왔기 때문에 남은 가족들은 미지근하게 데운 포타주와 식은 햄, 알리시아 큰할머니가 보내온 케이크로 저녁을 해결했다. "할머니가 뭐라고 하셨어요?"라고 묻는 질베르트의 질문에 부인은 언 버터 같은 얼굴에 쇳소리로 답했다.

— 할머니가 너에게 오르톨랑 먹는 법을 가르쳐 주겠다고 하시더구나.

— 좋아요! 질베르트가 외쳤다. 그런데 할머니가

• 도빌에 인접한 해안 휴양지를 말한다.
•• 오르톨랑은 회색머리멧새를 산 채로 아르마냑에 담가 재운 뒤 오븐에 구워낸 요리다.

약속하셨던 여름용 드레스에 대해서는 뭐라고 하셨어요?

— 나중에 보자고 하셨다. 그래도 실망하진 마라.

— 아! 질베르트가 풀이 죽어 대답했다.

— 너더러 목요일에 같이 점심 먹자고 집으로 오라 하셨단다. 열두 시 정각에.

— 할머니랑 같이 가요?

알바레즈 부인은 마주보고 앉아있는 키 큰 아이를 바라봤다. 저녁 하늘처럼 푸른 두 눈 아래로는 붉게 물든 봉긋한 광대가 솟아 있었고, 가지런한 이는 싱그러우며 다소 튼 입술을 깨물고 있었다. 은색 머리칼은 갈기처럼 풍성했다.

— 아니. 너 혼자 가는 거다.

질베르트는 일어나 부인의 뒤에 가서 팔로 목을 감싸 안았다.

— 무슨 말이에요…… 할머니, 나를 알리시아 큰할머니 댁에 맡기시려는 건 아니겠죠? 저는 여기서 떠나고 싶지 않아요, 할머니!

목이 졸린 알바레즈 부인이 기침을 하다가 미소를 지었다.

— 세상에, 뭔 애가 머슴애 같은지! 떠나긴 왜 떠나! 아! 가엾은 지지, 너를 혼내려는 건 아니지만, 네가 이 집을 떠나려면 아직도 한참 멀었다!

※

알리시아 큰할머니는 당기면 종을 흔들 수 있게끔 문에다 진주로 엮은 장식줄을 걸어놓았는데, 그 아래에는 포도나무의 푸른 잎사귀와 보랏빛 포도송이가 달려 있었다. 문은 니스를 여러 번 덧칠해서 마치 젖은 것처럼, 어두운 캐러멜 빛이 반짝였다. 남자 집사가 문을 열어준 문턱에서부터 질베르트는 구체적으로 판단하지는 못했지만 은근히 느껴지는 호화로운 분위기를 음미했다. 페르시아 양탄자가 겹겹이 깔려 있었고 질베르트는 날아갈 듯이 황홀했다. 알바레즈 부인은 누나의 루이 십오 세 풍 응접실을 보고 따분하다고 말했는데, 질베르트는 이렇게 말했다. 알리시아 큰할머니 댁의 응접실은 정말 예뻐요. 따분하기도 하고요!" 그러나 질베르트는 특별한 장식 없이 나뭇결무늬로만 멋을 낸, 마치 밀랍처럼 투명한 금빛을 내는 연한 유자목으로 마감된 제1공화국 양식의 식당에 대해서는 존경심을 가지고 있었다. "나중엔 나도 비슷하게 식당을 꾸며야지"하고 질베르트는 순진하게 말하곤 했다.

▷ ― 그러거라, 포부르 앙투안에 주문해서 말이지.
알리시아 큰할머니는 순간에 보이는 조그마한 이들로 장식된 작달막한 입에 웃음기를 머금으며 손녀를 놀렸다.

일흔의 알리시아는 남다른 취향을 가지고 있었다. 붉은 자기 화병들로 장식한 은회색 빛깔의 침실이나, 온실처럼 따스한 좁고 하얀 욕실이 그랬다. 그는 연약한 모습에 변함없는 건강을 감추고 있었다. 그와 같은 세대의 남자들은 알리시아 드 생테플람을 설명할 때면, 수식할 말을 찾지 못해 허둥댔다. 가령 "아! 친해하는 나의…" 라든지, "뭐라 말씀드려야 할지…"하는 식이다. 그와 가까운 사이인 자들이 사진을 보여주면 젊은 청년들의 반응은 시시껄렁했다. "정말로 그 분이 젊었을 때 미인이셨어요? 사진으로만 보면 모르겠는데……" 그의 초상 앞에서 옛 연인들은 잠시 꿈에 잠겨, 백조의 목처럼 구부러진 손목과 아담한 귀, 하트 모양으로 새겨진 입술과 긴 속눈썹이 달린 활짝 젖혀지는 두 눈꺼풀이 조화를 이루는 얼굴선을 알아보았다.

● 포부르 앙투안은 파리에서 센 강을 통해 공급된 각종 목재가 집하되었던 곳으로, 이를 살려 이 일대에 목공업이 성행하였다.

질베르트는 이 아름답게 나이는 여인을 안아주었다. 알리시아는 백발 위에 검정 샹티이 삼각보를 쓰고 있었으며, 다소 나이가 들어 보이는 몸에는 아롱거리는 태피터 재질의 실내복을 걸쳤다.

— 머리가 아프세요, 할머니?

— 아직 모르겠구나. 알리시아 큰할머니가 대답했다. 두통은 점심식사에 달렸다. 어서 가자. 계란 요리가 기다린단다. 망토는 벗어 놔라. 이 옷은 뭐냐?

— 엄마 옷이었는데 저한테 맞도록 수선한 거예요. 오늘 계란은 먹기 어렵나요?

— 천만에. 계란물에 식빵 껍질을 넣어 만든 브루이에란다. 오르톨랑도 전혀 어려운 게 아니지. 계란 요리를 다 먹으면 크렘 오 쇼콜라를 먹자. 물론 나도 먹을 거란다.

생기 있는 목소리, 장밋빛 분을 칠한 너그러워 보이는 주름살, 백발 위의 면사포로 인해 알리시아 할머니는 연극 무대 위의 멋쟁이처럼 보였다. 질베르트는 큰할머니를 진심으로 존경하였다. 식탁에 앉아 있으면서 치마를 앉

• 샹티이는 레이스를 짜는 한 방식으로, 17세기 샹티이 지역에 레이스 메뉴팩처가 설립된 것을 바탕으로 생산된 직물의 일종이다.
•• 브루이에는 이리저리 뒤섞는 것을 뜻하는 요리 용어로, 스크램블 에그를 뜻한다.
••• 크렘 오 쇼콜라는 생크림에 초콜릿을 첨가하여 만든 후식의 일종이다.

은 자리 뒤쪽으로 당기고, 무릎을 모으고, 어깨뼈가 드러나지 않게 하면서 양 팔꿈치를 허리에 바싹 붙이니 큰할머니는 젊은 처녀처럼 보였다. 질베르트는 할머니가 가르쳐주신 것들을 잘 기억해서, 빵을 우아하게 쪼개는 법을 알았고 씹을 때는 입을 다물었으며, 고기를 자를 때는 나이프의 칼등 위로 검지를 내밀지 않도록 주의했다. 목덜미 위로 뒷머리를 묶어서 이마와 위가 시원하게 드러났다. 치마 아랫단 가장자리에 세 겹, 손목에서 어깨까지 팔소매에 아홉 겹짜리 모헤어 장식 줄을 단 드레스에는 새로 수선하느라 대충 꿰맨 티가 남아 있었는데, 어두운 푸른빛의 드레스 목 부분에서 남다른 목선이 드러났다.

알리시아 큰할머니는, 조카와 마주앉아 검푸른 빛이 아름다운 눈을 뚫어지게 바라보았으나, 흠잡을 데는 찾을 수 없었다.

— 너 몇 살이지? 갑자기 큰할머니가 물었다.

— 지난번이랑 똑같죠, 할머니. 열다섯 하고 여섯 달이에요. 할머니. 할머니는 가스통 아저씨의 일에 대해 어

떻게 생각하세요?

— 왜? 그리 관심이 있어?

— 그럼요, 할머니. 걱정 돼요. 만약 아저씨가 또 다른 여자를 만나게 된다면, 적어도 몇 달 간은 우리 집에 캐모마일 티도 안 먹으러 오고 저랑 피케도 안 치게 될 거 잖아요. 그러면 슬플 거예요.

— 그렇게 생각할 수도 있지, 그렇고 말고……"
알리시아 큰할머니는 눈을 가늘게 뜨고 트집을 잡으려는 것처럼 조카를 바라보았다.

— 학교에서 공부는 잘 하느냐? 친구들은 어떠냐? 오르톨랑은 칼로 접시 표면을 긁지 말고 한 번의 칼질로 정확하게 잘라서 두 조각을 내야 한단다. 그리고 한 쪽씩 씹어 먹지. 뼈째로 말이다. 입으로 음식을 씹으면서 내 말에 대답을 해보렴, 입을 너무 많이 벌리지는 말고. 해 보거라. 나도 할 수 있으니 너도 충분히 가능하다. 네 친구들은 어떤 애들이니?

— 친구가 없어요, 큰할머니. 할머니가 학교 친구

들 집에 가서 얻어먹는 일도 하지 말라고 하시거든요.

― 맞는 말이다. 너 집밖에서 몰래 만나는 남자는 없겠지? 서류가방을 허리에 끼고 다니는 말단 직원이라든지? 학생이나 나이든 남자 같은 사람들 말이다. 네가 거짓말해도 할머니는 다 아니까 소용없어.

질베르트는 질문을 쏟아내며 으름장을 놓는 할머니의 빛나는 얼굴을 바라보았다.

― 아니에요, 할머니. 한 명도 없어요. 할머니께 누가 제 이야기를 안 좋게 했어요? 저는 항상 혼자예요. 왜 할머니는 제가 친구들 집에 초대받아 가는 걸 허락하지 않으실까요?

― 그게 옳은 생각이다. 한번 초대를 받기 시작하면 너는 평범한 사람들, 말하자면 쓸모없는 사람들한테만 초대를 받을 수밖에 없을 거야.

― 우리도 평범한 사람 아닌가요?

― 아니다.

― 평범한 사람들이 우리보다 못한 게 뭐 있나요?

— 생각이 모자란데다가 천성이 게으른 사람들이다. 게다가, 그들은 결혼을 했지. 무슨 이야기인지 네가 이해하지 못할 것 같구나.

— 알아요, 할머니. 우리 가족 사람들은 결혼을 안 하잖아요.

— 결혼을 하면 안 된다는 말이 아니다. 그렇다 해도 '어쩌다' 결혼하는 게 아니라, '드디어' 결혼하는 게 중요한 거지.

— 그런데 제 또래 여자 아이들 집에 놀러가는 건 안 돼요?

— 그래. 너 심심하니? 그럼 좀 심심하게 지내라. 그렇다고 나쁠 건 없다. 심심한 게 판단하는 데 도움이 되거든. 이게 뭐야? 너 우니? 나이가 몇인데 칠칠맞게 우는구나. 오르톨랑이나 더 먹어라.

알리시아는 빛나는 세 손가락으로 와인 잔의 다리를 잡아 높이 들어올렸다.

— 건배를 하자, 지지야! 밥을 다 먹었으니 케디브

• 이집트 원산의 프랑스로 수출된 담배 상표를 말한다. 당시 이집트는 담배 제조 및 수출 산업을 적극적으로 장려하였다.

한 개비와 커피 한 잔을 내주마. 그 대신 담배 끝을 침으로 적시거나, 퉤 퉤 하며 침을 뱉지 않는 조건으로 말이다……

▷ 베쇼프다비드Bechoff-David 의상실 선임 재봉사에게 네 이야기를 해 놓으마. 내 오래전 친구인데 아직 성공하지를 못했지. 네 옷장이 바뀔 거다. 호랑이를 잡으려면 호랑이 굴에 들어가야지.

짙푸른 두 눈이 반짝였다. 질베르트는 너무 기뻐 말을 더듬었다.

— 할머니! 할머니! 거기가…… 베……

— ……쇼프다비드 의상실 말이다. 난 네가 멋을 부리는 데 관심 있는 줄은 몰랐다.

질베르트가 얼굴을 붉혔다.

— 할머니, 집에서 만들어주는 옷 가지고는 멋을 부릴 수도 없는 걸요.

— 그건 맞다. 네 취향은 어떠냐? 네가 보기에 어떻게 입으면 예쁠 것 같니?

— 오! 뭐가 어울릴 지 잘 알아요, 할머니! 전에 봤

• 베쇼프다비드는 독일 출신 디자이너인 베쇼프와 다비도프가 파리에 설립한 고급 의상실이다.

는데……

— 몸짓을 섞어 설명하지 마라. 몸만 움직였다 하면 진득하지 않아 보여.

— 드레스를 하나 봤는데요…… 오! 뤼시 제라르 Lucy Gérard 부인을 위해 만든 드레스예요…… 위아래로 작은 주름들이 잡혀진 진주 빛 모슬린으로 만든 드레스였어요…… 또 하나는 검은 벨벳 원단 위에 푸른 라벤더 빛깔의 고급 원단을 덧대어 만든 드레스인데, 옷자락은 마치 공작새의 꼬리처럼 재단을 해 놓은 거예요……

아름다운 보석들로 치장된 가녀린 손이 허공 위를 저었다.

— 그만, 그만! 듣자하니 나중에 아카데미프랑세즈에서 불여우 역할이나 맡는 여자가 걸치는 무대의상 같은 걸 입고 다닐 싹수가 보이는 구나. 칭찬으로 하는 말이 아니다. 와서 커피를 좀 따르거라. 흘러내리는 줄기를 끊으려고 손목에 힘을 주어서 커피 주전자 주둥이를 확 들어 올리지는 말고. 카페 직원처럼 따라내는 걸 보느니 컵받침

● 프랑스 출신의 여배우로 당시 파리의 여러 극장에서 활약하였다.

에 커피가 넘치는 편이 더 낫다.

    이어진 시간은 질베르트에게 무척 빨리 흘렀다. 알리시아 큰할머니는 지지가 황홀하게 여길 만한 것들을 가르치기 위해 보석 상자를 열어 젖혔다.

    — 이 보석이 뭔지 아니, 지지야?

    — 나베트 컷으로 세공한 다이아몬드예요.

    — 그걸 브릴리앙 나베트라고 한단다. 이거는?

    — 토파즈요.

    알리시아 큰할머니가 두 손을 들자 햇빛이 반지들 위로 통통 튀며 보석의 광채가 뿜어져 나왔다.

    — 토파즈라고! 살다 살다 들어본 욕 중에 아주 끔찍하구나. 토파즈를 내 보석함에 넣을 것 같아? 아쿠아마린이나 페리도트는 없다니? 이건 노란 수선화 빛깔을 가진 브릴리앙이다. 이 가엾은 것아. 이것과 비슷한 물건은 앞으로도 잘 볼 수 없을 거다. 그럼 이건?

    질베르트는 생각에 잠겨 있다가 입을 열었다.

    — 오! 이건 에메랄드예요…… 아! 정말 예뻐요!

• 나베트는 쪽배 모양으로 길쭉한 형태를 만드는 보석 세공 방식을 말한다.

알리시아 큰할머니는 네모나게 세공한 커다란 에메랄드 반지를 가녀린 손가락에 끼고는 얼마간 말을 하지 않았다.

— 보이지, 낮은 목소리로 알리시아 큰할머니가 말했다. 녹색 광채 깊숙이 흐르는 거의 푸르스름한 색에 가까운 빛깔이…… 오직 가장 아름다운 에메랄드만이 이것처럼 잡힐 듯 말 듯 미묘한 푸른빛의 기적을 선보인단다……

— 누구한테 이 보석을 받으셨어요, 할머니? 질베르트가 용감하게 물었다.

— 어느 왕에게 받았지. 알리시아 큰할머니가 간단히 답했다.

— 큰 나라의 왕인가요?

— 아니, 작은 나라의 왕이었단다. 큰 나라의 왕들은 매우 아름다운 보석을 선물하지 않아.

알리시아 큰할머니의 작고 하얀 이가 부지불식간에 드러났다.

— 왜 그런지 궁금하니, 왜냐하면 큰 나라의 왕들

은 아름다운 보석을 그리 좋아하지 않거든. 너한테만 하는 말이지만, 작은 나라의 왕도 마찬가지다.

— 그럼 아름다운 보석은 누가 주는 건가요?

— 누구냐고? 수줍음 타는 사람들. 그리고 자존심 센 사람들도 그렇지. 천박한 사람들은 고상한 교양을 가진 사람으로 자신을 포장하기 위해 엄청난 보석을 선물하기도 한단다. 가끔 여자들도 창피를 주고 싶은 남자들에게 선물을 한단다. 급이 떨어지는 보석은 착용할 생각을 말고, 최상급 보석을 얻을 때까지 기다려야 한다.

— 만약 최상급 보석을 얻지 못하면요?

— 그건 어쩔 수 없지. 삼천 프랑짜리 질 낮은 다이아몬드를 차느니, 백 수짜리 반지를 끼렴. 그럴 때는 이렇게 말하면 돼. "이건 추억이 담긴 반지예요. 낮이고 밤이고 항상 끼고 있답니다." 유치한 모양으로 가공된 보석은 절대 착용하지 말거라. 여자로서 평판을 떨어뜨리기 십상이거든.

— 그게 어떤 건데요?

— 여러 가지가 있단다. 눈에다 녹옥수를 박아 넣

은 금으로 된 세이렌 조각이 있지. 이집트 스카라베 모양도 있고. 모양을 내어 깎은 커다란 자수정도 있다. 장인의 손으로 조각을 새겼다는 무겁지 않은 팔찌나, 리라나 별 모양의 브로치, 보석으로 장식한 거북이도 있다. 다 끔찍한 것들이야. 모양이 상한 진주는 하물며 모자에 꽂아 넣는 핀으로도 착용하지 말거라. 그리고 집에서 물려받은 보석은 잘 아껴야 한다!

— 할머니도 메달 모양의 예쁜 카메오를 가지고 계시잖아요.

— 예쁜 카메오라는 건 없다. 알리시아 할머니가 고개를 저으며 말했다. 값진 보석들과 진주가 있을 뿐이지, 하얗고, 노랗고, 파랗고 또 붉게 반짝이는 것들뿐이야. 검은 다이아몬드는 입에 언급하지도 말자, 그럴 가치도 없으니까. 귀한 것으로 루비도 있다. 물론 믿을 만한 물건이라면 말이다. 그리고 카슈미르 산 사파이어도 있고, 에메랄드도 있어. 대신 틀림없이 보석이 투명해야 하고 노란 빛이 돌지 말아야 하지……

― 할머니, 저는 오팔도 좋아해요.

― 안타깝구나, 오팔은 달고 다니지 말거라. 분명히 말했다.

충격을 받은 질베르트는 한동안 입을 멍하니 벌리고 있었다.

― 오! 할머니도 오팔이 불행을 가져온다고 생각하시는 거죠?

― 왜 아니겠느냐……? 지지야. 알리시아 큰할머니가 간단하게 답했다. 오팔에 대해서는 믿는 척이라도 해야 한단다. 그 이야기를 믿으렴, 그리고…… 어디보자, 어떤 이야기를 해주면 좋을까…… 죽음을 부르는 터키옥이 좋을까, 아니면 사악한 눈 이야기를 할까……

― 하지만, 지지가 주저하며 말했다. 그건 전부…… 미신이잖아요……

― 물론이지, 아가야. 그리고 인간의 약점이라고도 부른단다. 약점 많은 보잘 것 없는 인생, 거미에 대한 공포, 이런 것들이 인간을 항상 따라다니는 짐이란다.

— 왜요, 할머니?

나이든 노인은 보석함을 닫고, 질베르트를 자기 앞에 무릎을 접고 앉도록 했다.

— 왜냐하면 열에 아홉은 미신을 믿고, 스무 명 중에 열아홉 명은 사악한 눈을 믿고, 백 명 중에 아흔여덟 명은 거미를 무서워하기 때문이지…… 사람들은 많은 것들을…… 참을 수는 있지만 그들이 걱정하는 것들을 못 본 체 할 수는 없거든…… 왜 한숨을 쉬니?

— 말씀해주신 내용을 전부 다 기억하지 못할 거 같아요……

— 중요한 건 그걸 다 기억하느냐가 아니라, 내가 그걸 알고 있다는 거다.

— 할머니, 공…… 공작석으로 만든 사무용품이 무슨 뜻이에요?

— 그것도 재앙을 뜻한다, 그런데 아가야, 어디서 그런 말을 들었니?

— 신문에 실렸던 큰 결혼식의 선물 목록에서 봤

어요, 할머니.

— 잘도 읽었구나. 그 목록에서 해서는 안 되고 받아서도 안 되는 선물이 뭔지 배울 수 있을 거다……

알리시아는 말을 하면서 뾰족한 손톱으로 자신의 얼굴 높이까지 올라온 지지의 얼굴을 이리저리 건드렸다. 알리시아는 튼 입술을 들어올려서, 치아 표면이 상하지는 않았는지 검사했다.

— 턱이 참 예쁘구나, 아가야! 이런 이를 나도 가졌더라면 파리와 다른 나라들까지 먹어치웠을 텐데. 물론 한 조각 정도는 먹어봤지. 여기 이건 뭐니? 여드름 아니냐? 코 근처에 여드름이 나면 못쓰는데. 이거는 뭐니? 익은 여드름을 손으로 짰구나. 여드름이 있어도 안 되지만 그렇다고 손으로 건드려서도 안 돼. 수렴제가 섞인 화장수를 빌려주마. 익힌 햄 말고 다른 돼지고기는 먹으면 안 된다. 얼굴에 분칠은 하지 않지?

— 할머니가 못 하게 하세요.

— 그래야지. 화장실은 규칙적으로 가니? 코로 숨

을 좀 내쉬어보렴. 막 점심을 먹었으니 지금은 의미가 없겠구나……

알리시아는 자신의 두 손을 질베르트의 어깨 위에 올렸다.

― 내가 하는 말을 명심해라. 너는 사람들의 사랑을 받을 거야. 모양 빠지는 작은 코와 특징 없는 입, 광대뼈는 러시아 촌사람 같긴 해도……

― 오! 할머니! 질베르트가 소리를 질렀다.

― 하지만 네 눈과 속눈썹, 치아와 머리칼로 그걸 다 덮을 수 있단다. 만약 네가 완전히 멍청하지만 않다면야. 그리고 몸은……

알리시아는 두 손바닥을 동그랗게 오므려 지지의 가슴 위에 갖다 대고 미소를 띠었다.

― 이제 막 올라오지만…… 그래도 예쁘구나. 잘 잡혀 있어. 아몬드를 많이 먹지 마. 가슴을 처지게 만드니까. 아! 담배 고르는 법을 알려주는 걸 잊고 있었구나.

질베르트는 속눈썹 끝이 눈썹에 닿을 정도로 두

눈을 무척 크게 떴다.

— 왜요?

부인은 지지의 뺨을 가볍게 쳤다.

— 왜냐니. 나는 쓸데없는 걸 가르치지 않아. 내가 너를 책임진 이상, 모든 것을 가르쳐 줄 거다. 여자가 남자의 취향을 알아두고, 담배도 포함해서 말이지, 남자 역시 여자의 취향을 알아둔다면, 서로 상대에 맞서 잘 무장한 셈이니까……

— 그래서 서로 싸우는 군요. 질베르트가 우스꽝스럽게 결론을 내렸다.

— 뭐라고, 서로 싸운다고?

나이든 노인은 놀라서 지지를 바라보았다.

— 아! 알리시아가 말했다. 너 하나만 그렇게 생각하는 줄 아니…… 이리 오거라, 심리학자 선생님. 내 베쇼프 다비드의 앙리에트 부인에게 전달할 말을 써서 주마……

알리시아가 조그맣게 여성용으로 제작된 장밋빛 책상에 앉아 글을 쓰고 있을 때, 질베르트는 잘 꾸며진 방에서 나는 향기를 맡아보았고, 단순한 호기심에 눈에 익긴 하지만 잘 알지는 못하는 가구들을 둘러보았다. 벽난로 위에서 시간을 가리키고 있는 활을 든 큐피트, 우아한 그림들, 수반 모양의 침대와 그 위를 덮은 친칠라 모피 이불. 작은 진주를 꿰어 만든 묵주와 침대 머리맡 옆 탁자 위에 놓인 성서들, 회색빛 벽지 위에 잘 어울리는 붉은 자기 램프 두 개……

— 이제 가보렴, 아가야. 조만간 또 부르겠다. 빅토르에게 가서 케이크를 좀 내달라 해서 집에 가져가렴. 살살 안거라, 할머니 머리 헝클어진다! 네가 나가는 모습을 볼 거야. 척탄병처럼 걷거나 발을 질질 끌면서 걷지 않게 조심해야 한다!

※※

　오월이 되고, 가스통 라사이유는 파리로 돌아와서 질베르트에게 솜씨 좋은 드레스 두 벌과, 지지의 말에 의하면 클레오 드 메로드Cléo de Mérode가 입는 짧은 망토 같다는 얇은 망토 한 벌, 그리고 모자와 신발들을 선물로 주었다. 질베르트는 그 옷을 걸치고 이마 위로 몇 가닥 머리카락을 내렸는데 평범한 모양새였다. 질베르트는 거의 땅에 끌릴 정도인 희고 푸른 드레스를 입고 가스통 앞에 선보이며 이렇게 말했다. "아저씨, 제 치마는 폭이 사 미터 이십오 센티나 돼요!" 은제 버클이 달린 굵은 능직 비단 리본으로 졸라맨 가느다란 허리가 질베르트를 자신감 넘치게 만들었다. 그러나 질베르트는 고래 뼈로 받침살을 댄, 주름진 천으로 윗옷을 장식하는 베네치아 풍을 모방한 칼라 때문에 거북함을 느끼고 있었던 실팍하고 아름다운 목을 반복적으로 까딱거렸다. 흰색과 푸른 색 얼룩무늬가 새겨진 비단 옷소매와 치맛자락이 살랑거렸고, 질베르트는 어깨 아래에서

● 프랑스 태생의 무용수로, 시대를 초월한 미모라는 평가를 받으며 당대 여러 예술가들의 뮤즈가 되었다.

팔을 감싸는 소매를 손가락으로 잡아 멋을 부리며 들어올렸다.

— 재주를 부릴 줄 아는 원숭이 같구나. 라사이유 씨가 질베르트에게 말했다. 네 에코세즈 무늬가 있는 드레스가 오히려 보기에 더 좋은 것 같다. 그렇게 불편한 칼라를 하고 있으니, 꼭 엄청 큰 옥수수를 집어삼킨 암탉을 보는 것 같거든. 한번 봐라.

빈정 상한 질베르트는 거울 앞으로 다가갔다. 가스통 씨가 신경 써서 니스에서부터 가져온 씨알 굵은 캐러멜이 질베르트의 볼을 풍성하게 만들었다.

— 아저씨 얘기를 제가 많이 들었는데요. 아저씨, 그런데 아저씨가 패션에 대해 관심이 있다는 얘기는 들어본 적이 없어요. 지지가 대꾸했다.

라사이유 씨는 어이가 없어서 새 옷을 차려입은 이 소녀를 위아래로 훑어본 다음 알바레즈 부인에게 면박을 주었다.

— 애가 가정교육을 참 잘 받았네요! 축하드릴 일

입니다!

그러고는 그는 캐모마일 차는 마시지 않고 나가버렸고, 알바레즈 부인은 두 손을 모았다.

— 도대체 무슨 짓을 한 거냐, 지지 이것아!

— 참나, 아저씨는 왜 나를 보러 온대요? 제가 지고만 있지 않는다는 걸 아저씨도 알겠죠! 지지가 말했다.

지지의 할머니는 지지의 팔을 잡아 흔들었다.

— 그래도 생각을 해 봐라, 가엾은 것아! 세상에, 몇 살이 되어야 철이 들래? 너가 그리 말한 까닭이 그 사람은 너무나 가슴 아팠을 거다! 정작 그 사람은 최선을 다하고 있는데⋯⋯ 지지가 대꾸했다.

— 뭐 때문에요, 할머니?

— 그러니까⋯⋯ 이것저것 있다. 너를 우아한 소녀로 만들고, 너의 매력을 가꾸고⋯⋯

— 누구 눈에 그리 보이려고요, 할머니? 아저씨와 같이 오래 알고 지낸 친구한테는 제가 뼈를 깎는 고생을 해서 예쁘게 보일 필요가 없을 텐데요!

알바레즈 부인은 더 말을 않았다. 다음날, 밝은 색 정장을 입고 쾌활한 모습으로 가스통 라사이유가 다시 방문했을 때는 놀라는 기색도 없었다.

— 모자를 쓰렴, 지지야! 맛있는 거 먹으러 가자.

— 어디로요? 지지가 물었다.

— 베르사유의 레제르부아르 가로.

— 멋져요, 멋져요, 멋져요! 질베르트가 노래 부르듯 외쳤다.

지지는 부엌 쪽으로 몸을 돌렸다.

— 할머니, 저 아저씨랑 레제르부아르에 맛있는 거 먹으러 가요!

알바레즈 부인이 다가오더니, 허리춤에 묶고 있었던 부엌에서 입는 꽃무늬가 있는 면수자 앞치마를 푸를 틈도 없이 자신의 부드러운 손으로 질베르트와 가스통 라사이유의 팔 사이를 갈랐다.

— 안 돼요, 가스통 씨. 부인이 간결하게 말했다.

— 뭐라고요, 안 된다니요?

● 베르사유 궁의 우측에 접한 거리로 과거 귀족들이 거주하였던 고급 저택들이 남아있다.

— 오! 할머니……! 지지가 울음을 터트렸다.

알바레즈 부인은 듣는 체도 하지 않았다.

— 네 방에 잠깐 가 있어라, 지지. 라사이유 씨와 따로 할 이야기가 있다.

부인은 질베르트가 방으로 가는 모습을 본 뒤, 뒤에 있는 문을 닫은 다음 가스통 쪽으로 돌아서서 그의 검은 눈이 내는 험악한 시선에 눈 하나 깜짝 않고 말했다.

— 그게 무슨 말씀이에요, 아주머니? 어제부터 이 집에 뭔가 달라진 게 있는 거 같은데, 그게 뭔가요?

— 우선 앉으세요, 가스통 씨. 좀 힘이 드는군요. 아! 다리가 영 성치 않다보니…… 알바레즈 부인이 말했다.

부인은 오지 않는 관심의 표시를 기다리다가 한숨을 쉰 다음, 턱받이가 달린 앞치마를 풀었다. 앞치마 속에는 큼지막한 카메오가 핀으로 꽂혀진 검은 옷을 입고 있었다. 부인은 손님에게 손으로 의자를 가리켰고, 자신은 안락의자에 앉았다. 부인은 진중하게 의자에 앉은 다음 검정과 회색이 섞인 머리띠를 매만진 손을 무릎 위에 포개어 두었다. 커다란 검붉은 눈동자의 느릿한 움직임과 가만히 앉아 있는 모습의 여유로움에서 부인이 스스로를 통제하고 있음을 짐작할 수 있었다.

— 가스통 씨, 당신과의 우정을 의심하진 않으시겠지요……

라사이유 씨는 사업가의 의례적인 미소를 내보인 다음 자신의 콧수염을 잡아당겼다.

— 우정은 물론 당신께 감사하게 생각하고 있습니다. 물론 지지를 올바른 길로 인도해야 한다는 것도 잘 압니다. 당신도 알겠지만, 앙드레는 지지를 키울 만한 재간도 시간도 없는 사람입니다. 우리 질베르트는 다른 아이들처럼 영악한 아이는 못 됩니다. 아직 어린 아이인 걸요……

— 그래도 열여섯 입니다. 라사이유 씨가 말했다.

— 이제 열여섯 이지요. 알바레즈 부인이 시인하였다. 몇 해 전부터 당신은 아이에게 군것질거리나 장난감들을 가져다주었어요. 지지는 아저씨라고 하면 정신을 못 차립니다. 이제 당신은 자동차에 애를 태우고 레제르부아르

에 가서 맛있는 걸 먹겠다는 군요……

알바레즈 부인이 가슴 위에 한 손을 얹었다.

― 진심으로 말씀드리지만, 가스통 씨, 만일 당신과 나 단 둘 뿐이었다고 한다면, 당신에게 이렇게라도 말했을 겁니다. "당신 가고 싶은 곳에 질베르트도 데려가세요. 눈 딱 감고 아이를 맡길 게요"라고요. 하지만 보는 눈이 있어요…… 당신은 사교계의 유명 인사지요. 당신과 단 둘이 외출한다는 건, 여자에게 있어서는, 말하자면……

가스통 라사이유가 참지 못하고 말했다.

― 그래 좋아요, 알겠습니다! 나와 같이 맛있는 걸 먹으러 가는 게 지지의 신상에 좋지 않다는 말이지요? 저렇게 어린 꼬마 아이인데, 아직도 새싹 같은 아이인데, 누구도 알지 못하고 쳐다보지도 않는 아이에 불과한데…

― 무엇보다도, 알바레즈 부인이 차분히 말을 가로챘다. 아이가 사람들 눈에 띈다는 거지요. 당신이 어디를 가든, 가스통 씨, 당신은 사람들 눈에 띌 수밖에 없어요. 어린 소녀가 홀로 당신과 함께 다니는 순간 그 아이는 더 이

상, 별안간에 평범한 소녀가 아니게 되어 버린답니다. 우리 질베르트, 그 아이는 평범한 아이로 남아야만 하지 그런 식으로 이름이 알려져서는 안 돼요. 당신에게는 사람들이 쑥덕거리는 것이 그저 이야기 하나를 덧붙이는 것에 불과하게 느껴지겠지만, 저는 당신처럼 『질 블라스』를 읽고 가볍게 웃어넘길 만한 배포가 있는 사람이 아니라서요.

가스통 라사이유는 일어나서 탁자에서 문으로, 문에서 창가로 맴돌다가 입을 열었다.

— 그래요, 아주머니. 말씀에 반대할 생각은 없습니다. 더 이상 말 하지 않겠습니다. 그는 차갑게 말했다. 아이를 잘 돌봐주세요.

그는 턱을 앞으로 내밀며 알바레즈 부인 쪽으로 몸을 돌렸다.

— 여담이지만 궁금한 게 있는데, 누구를 위해 그 아이를 감싸시는 건가요? 지지의 남편이 되어 삼 년 안에 아이 셋을 놓을, 연 이천사백 프랑을 버는 어느 직장인을 위해서 인가요?

— 저는 지지의 보호자로서 해야 할 일을 잘 압니다. 알바레즈 부인이 침착하게 답했다. 저는 "지지를 보살피며 앞으로의 삶을 책임지겠습니다"라고 말하는 남자에게 지지를 맡기기 위해 가능한 최선을 다할 것입니다. 캐모마일 차 한 잔이라도 내어드릴까요, 가스통 씨?

— 아뇨, 괜찮습니다. 시간이 늦었군요.

— 지지더러 배웅하게 나오라 할까요?

— 됐습니다, 나중에 보러 오지요. 언제가 될지는 모르겠지만요. 요즘 같은 때는 여간 바빠야 말이죠.

— 안 그러셔도 됩니다, 가스통 씨. 그 아이 때문에 마음 쓰실 필요는 없어요. 살펴 가세요, 가스통 씨……

혼자가 된 알바레즈 부인은 이마의 땀을 닦은 다음 질베르트의 방으로 가 문을 열어젖혔다.

— 너 문에서 다 들었지, 지지.

— 아뇨, 할머니.

— 아니다, 너 문에서 다 들었어. 문 뒤에 숨어서 엿들으면 안 된다. 그러다간 잘못 듣고 말을 곡해하게 된단

다. 라사이유 씨는 갔다.

— 그런 것 같아요. 질베르트가 말했다.

— 새로 사 온 감자들을 행주로 닦아 놓거라, 돌아와서 감자튀김을 해 주마.

— 어디 가시게요, 할머니?

— 알리시아 큰할머니 댁에 다녀올 거다.

— 또요?

— 뭐 할 말이 있느냐? 알바레즈 부인이 다그치며 말했다. 찬물로 눈가를 좀 씻는 게 좋겠다, 눈물 때문에 바보 같은 모습이 되어버렸구나.

— 할머니……

— 뭐냐?

— 새 옷을 입고 가스통 아저씨랑 같이 외출하는 게 뭐가 어때서 그러셨던 거예요?

— 됐다! 네 스스로 어찌해야 할지 모를 일이 생겼거든, 최소한 어떻게 해야 할지 알려주는 사람의 말이라도 들어라. 감자를 씻을 땐 내 고무장갑을 끼고 하거라.

*
**

알바레즈 부인의 집은 한 주 내내 침묵의 지배 아래에 놓여 있었는데, 어느 날 알리시아 큰할머니가 예고 없이 부인의 집을 찾았다. 그는 광택 없는 실크와 검정 레이스로 장식한 옷에 어깨 가까이에는 장미를 꽂은 채로 마차를 타고 왔다. 그는 수심으로 가득한 모습을 하고 자신의 여동생과 따로 떨어져서 이야기를 나누었다. 다시 귀가할 때 그는 질베르트를 잠깐 마주쳐서는 뺨에다가 가볍게 입을 맞추어 주고는 떠나버렸다.

— 무슨 일로 오셨대요? 질베르트가 알바레즈 부인에게 물었다.

— 오! 아무것도 아니다…… 뷔프트리 부인의 심장병을 봐주는 의사의 주소를 물으러 오셨단다.

질베르트는 잠깐 생각에 잠겼다.

— 길었나 보네요. 지지가 말했다.

— 뭐가 길었다는 거니?

— 의사의 주소 말이에요. 할머니, 알약을 좀 꺼내 주세요, 두통이 있어요.

— 어제도 두통이라 하지 않았니. 두통이 이틀이나 가는 법은 없단다.

— 다른 사람들의 두통과는 다른가보죠. 마음 상한 질베르트가 대꾸했다.

질베르트는 다소간 예민해져서는, 학교에 돌아와서 "선생님이 저를 미워해요!"라고 한다든지, 잠이 안 온다고 투덜대었다. 또 점점 게으름에 빠지기 시작했는데, 할머니는 그런 지지를 야단치기는커녕 주의 깊게 그 모습들을 관찰할 뿐이었다. 지지가 기다란 목에 끈이 달린 자신의 새하얀 신발에 물백묵을 칠하는 데 집중해 있었던 어느 날, 가스통 라사이유가 초인종도 울리지 않고 등장했다. 머리카락은 길게 자라 있었고, 얼굴은 햇볕에 바싹 타서 까무잡잡했다. 그는 은은한 체크무늬가 새겨진 여름용 정장을 입고 있었다. 그는 부엌 카운터에 면한 키다리 의자 위에 걸터앉아 왼쪽 주먹에 신발 한 짝을 뒤집어 씌워 놓고 있는 질베르트 앞에 갑자기 멈춰 섰다.

— 오……! 할머니가 열쇠를 문에 그대로 꽂아놨었나 봐요, 할머니도 참!

가스통 라사이유가 아무 말도 없이 쳐다보자, 질베르트는 서서히 얼굴이 붉어졌고, 신발 한 짝을 탁자 위에 올려두고는 치마를 무릎 아래로 내렸다.

— 그러니까, 아저씨는 강도처럼 들어온 거고요! 저런, 홀쭉해지셨네요. 영국 왕자의 주방장이었다던 아저씨의 그 유명했던 요리사가 아저씨를 굶겼나봐요? 홀쭉해지니까 눈이 더 커졌어요. 코도 더 길어진 것 같고요, 그리고……

— 네 할머니와 이야기를 하러 왔단다. 가스통 라사이유가 말을 가로챘다. 방에 가 있거라, 지지야!

질베르트는 잠시간 입을 벌리고 서 있다가, 의자에서 뛰어내렸다. 질베르트는 대천사같이 옹골찬 목을 부풀린 다음 라사이유 씨에게 다가갔다.

— 방에 가 있으라고요! 방에 가 있으라고요! 만

약 제가 아저씨한테 그렇게 말했다면 어땠을 거 같아요? 우리 집에서 아저씨가 뭔데, 나더러 방에 가라고 명령하는 거예요? 그래요. 가요 가, 내 방으로 간다고요! 그런데 이건 확실히 알아두세요. 아저씨가 집에 있는 동안 나는 한 발짝도 방에서 나오지 않을 거예요.

질베르트는 등 뒤로 방문을 보란 듯이 닫은 다음, 들으라는 식으로 빗장을 걸었다.

— 가스통 씨, 알바레즈 부인이 입을 열었다. 저 애더러 당신께 사과하라고 시키겠습니다. 네, 그렇게 할 게요. 만일 또 필요하다면, 저는……

가스통 라사이유는 부인의 말을 듣지 않은 채 닫힌 문을 바라보았다.

— 자, 아주머니, 그가 말했다. 간단하게 요점만 얘기하지요……

*

― 다시 정리를 해 보자. 알리시아 큰할머니가 말했다. 그 사람이 처음에 이렇게 말했다고. "그 아이에게 각별히 신경을 써 줄 거예요, 마치⋯⋯"

― 마치 어떤 여자도 받지 못한 만큼 말이죠!

― 그래. 하지만 그건 다른 남자들도 말하는 것처럼 막연한 약속에 불과하다. 나는 확실하지 않으면 별로다.

― 확실하지 않은 건 아니에요, 언니. 왜냐하면 그 사람이 말하기를 지지를 모든 곤경으로부터 보호하고 싶다고 했거든요. 바로 자기 자신에게서도 말이에요. 일종의 보험을 드는 것처럼, 말하자면 그 사람이 지지의 대부가 되는 것이죠.

― 그래⋯⋯ 그래⋯⋯ 그럴 수 있지, 말이 된다⋯⋯ 그래도 막연해, 아직도 막연하단 말이야⋯⋯

알리시아는 여전히 침대에 누워 있었는데, 그의 곱슬곱슬한 금발이 장밋빛 베게 위에 펼쳐져 있었다. 알리시아는 생각에 잠겨 잠옷의 리본을 풀었다 묶었다 하기를 반복했다.

　　알바레즈 부인은, 넓은 챙의 모자 아래 마치 구름에 가려진 달처럼 창백하고 수심 가득한 얼굴을 한 채 침대 머리맡에 팔짱을 대고 있었다.

　　— 그 사람이 이렇게도 말했어요. "저는 서두르고 싶은 생각은 없습니다. 무엇보다 저는 지지의 가장 친한 친구니까요. 지지가 제게 익숙해질 시간을 줄 거예요……"라고요. 그러면서 눈물도 글썽이더라니까요. 이어서 이렇게 말하더군요. "그러면 그 아이가 야만인을 상대하고 있다고 생각하지 않을 테니까요……" 정말 신사가 따로 없어요. 신사 그 자체라고요.

　　— 그래…… 그래…… 신사이긴 해도 아직 막연해…… 아이에게는 다 말해주었니?

　　— 그래야 하니까요, 언니. 이제 과자를 너무 많이 먹지 못하게 숨겨놓아야 하는 아이처럼 대접할 시기는 지났잖아요. 맞아요. 전부 다 말해줬어요. 가스통 씨를 마치

기적처럼, 신과 같이 말해줬지요. 또……

— 쯧쯧쯧. 알리시아가 혀를 찼다. 나였다면 차라리 그것이 얼마나 힘든 일인지 일러주었을 텐데. 이겨야 할 게임과 같다고. 다른 여자들의 시기는 물론이며, 그처럼 유명한 남자로부터 승리를 얻어내야 하는 게임이라고……

알바레즈 부인이 두 손을 모았다.

— 힘든 일이라고요! 이겨야 할 게임이라고요! 언니는 그 애가 언니와 같다고 생각해요? 그 애를 전혀 모르는군요? 지지는 악의 없이 순수한 애예요. 그 아이는……

— 잘났군 그래.

— 그 아이는 야망이 없다는 뜻이에요. 그 애가 아무런 반응도 보이지 않아서 놀랐다니까요. 기뻐서 소리치지도 않고 감동받아서 울지도 않았어요. 그저 "오! 그래요…… 오! 참 친절하신 말씀이네요……"하는 게 끝이라니까요. 그러고는 단서를 달았어요……

— 단서라니 기가 차서! 알리시아가 중얼거렸다.

— 자신이 직접 라사이유 씨의 제안에 답을 하고

혼자서 그 사람하고 이야기를 해보겠다는 거예요. 결국엔 자기가 처리할 일이라면서요.

— 얼마나 대단한 얘기가 나올지 지켜보자. 너도 참 애를 어떻게 생각 없이 키웠으면 그러니. 그 애는 무리한 요구를 할 거다, 그리고…… 내 예상하는데, 그 사람은 그 요구를 받아주지 못할 거다. 그 사람이 네 시에 온다고?

— 네.

— 아무것도 보낸 게 없니? 꽃이라든지, 아니면 장난감 같은 거라도 말이야.

— 전혀요. 안 좋은 뜻일까요, 어때요?

— 아니다. 그 사람다운 행동이지. 그 애가 옷을 잘 입었는지 확인하거라. 아이 표정은 어땠니?

— 오늘 보니 그리 좋지는 않았어요. 가엾은 새끼 토끼처럼……

— 자, 자…… 질질 짜는 건 다른 날에, 그 애가 모든 일을 망쳤을 때나 하거라. 알리시아가 준엄하게 말했다.

✲✲

― 먹는 게 시원찮구나, 지지야.

― 별로 배고프지 않은 걸요, 할머니. 커피를 한 잔 더 마셔도 될까요?

― 그럼.

― 콩비에도 조금만 더 마셔도 될까요?

― 물론이지. 콩비에는 소화에 더할 나위 없이 도움이 된단다.

열린 창문으로 길거리의 소음과 후끈한 열기가 들어왔다. 질베르트는 술잔 바닥까지 혀 끝을 담그고 있었다.

― 네 모습을 알리시아 큰할머니가 보면 뭐라고 하시겠니, 지지야! 알바레즈 부인이 가볍게 주의를 주었다.

지지는 잘못을 깨달았다는 듯이 엷은 미소로 대답했다. 오래된 에코세즈 무늬의 옷이 지지의 가슴을 조이고 있었고, 치마 바깥으로 나온 긴 다리가 탁자 아래로 뻗어 있었다.

• 콩비에란 오렌지를 사용하여 소뮈르 지역에서 생산되는 트리플섹 리큐르의 일종이다.

— 엄마는 오늘 무엇을 연습하시길래 우리랑 같이 점심을 안 먹는 거예요, 할머니? 할머니는 엄마가 정말로 오페라코미크 공연을 연습하고 있다고 생각하세요?

— 너희 엄마가 그렇게 말했잖니.

— 제 생각에는 엄마가 여기서 점심을 먹고 싶어 하지 않는 것 같아요.

— 왜 그렇게 생각하니?

햇빛이 비치는 창가에서 시선을 떼지 않은 채, 질베르트는 어깨를 으쓱였다.

— 오! 그냥 해본 말이에요, 할머니……

질베르트가 콩비에 잔을 다 비운 다음, 일어나서 식기를 정리하기 시작했다.

— 그냥 두어라, 지지야. 내가 치우마.

— 왜요, 할머니? 늘 제가 치웠잖아요.

지지가 알바레즈 부인의 눈을 뚫어지게 바라보자 부인은 견딜 수 없었다.

— 점심 식사가 늦었구나. 세 시가 가까운데 너는

아직도 옷을 안 입었잖니. 시간을 잘 보렴, 지지야……

― 옷을 입는 데 한 시간이나 걸린 적은 이번이 처음이잖아요.

― 내가 좀 봐주랴? 머리를 더 말아줄까?

― 됐어요, 할머니. 초인종이 울리면 신경 쓰지 마세요, 제가 나가볼 게요.

네 시 정각이 되자, 가스통 라사이유가 초인종을 세 번 울렸다. 근심 어린 아이의 얼굴이 조금 열린 방문 틈 사이를 비집고 나와 초인종 소리에 귀를 기울였다. 다시 세 번 초초한 듯 초인종이 울리자, 질베르트는 거실 한 가운데로 나왔다. 질베르트는 오래된 에코세즈 무늬의 옷과 면 스타킹을 걸치고 있었다. 질베르트는 두 손으로 주먹을 쥐고 뺨을 문지른 다음 현관문을 열어 달려갔다.

― 안녕하세요, 가스통 아저씨.

― 이 녀석, 아저씨한테 문을 열어주고 싶지 않았던 거니?

둘은 문을 지날 때 서로 어깨를 부딪치고는 "오! 미

안해요!"라고 겸연쩍게 말하고는 난처한 듯 웃었다.

― 앉으세요, 아저씨. 옷을 제대로 입을 시간이 없었어요. 아저씨는 아니겠지만요! 아저씨가 입은 군청색의 서지로 만든 정장은 별로 안 어울리는 거 같아요!

― 네가 잘못 본 모양이구나. 이건 체비엇으로 만든 옷이거든.

― 그러네요. 제 정신 좀 봐요.

질베르트는 가스통을 마주보고 앉아 무릎을 덮고 있는 치마를 아래로 잡아당겼다. 둘은 서로 마주보았다. 어린아이의 자신감은 사라지고, 일종의 간청하는 듯한 모양새로 질베르트의 푸른 두 눈동자가 동그랗게 떠 있었다.

― 무슨 일이니, 지지야? 무슨 일인지 말해주겠니……? 내가 왜 여기 있는지 아니? 라사이유 씨가 작은 목소리로 물었다.

질베르트는 고개를 크게 끄덕이며 그렇다는 신호를 보냈다.

― 거절할 거니, 승낙할 거니? 그가 목소리를 더욱

• 서지는 고급스러운 능직물의 일종을 말한다.
•• 체비엇은 양모로 만든 모직물의 일종을 말한다.

내리깔고 말했다.

질베르트는 머리 한 가닥을 귀 뒤로 쓸어 넘기고는, 결심한 듯 침을 삼켰다.

― 저는 원치 않아요. 질베르트가 말했다.

라사이유 씨는 두 손가락으로 자신의 콧수염을 잡아당겼다. 그리고 자신의 능력치를 잘 모르는 입술과 묵직한 은회색의 머리칼, 원기둥 같은 모양의 옹골차지만 여성적인 면은 없으며 보석으로 장식되지 않은 단촐한 목, 위로 솟은 속눈썹, 붉은 뺨 위에 난 적갈색의 주근깨 하나, 검푸른 빛의 두 눈동자로부터 잠시 눈길을 떼었다.

― 아저씨가 말씀하신 건 원치 않아요. 질베르트가 다시 말했다. 아저씨가 할머니께 말씀드린 건……

그는 손을 들어 질베르트의 말을 막아 세웠다. 그는 마치 치통이 있는 것처럼 입술을 찡그렸다.

― 할머니께 말씀드린 건 기억한단다. 네가 다시 말해줄 필요는 없어. 단지 네가 원하지 않는다는 것만 아저씨한테 말해주면 돼. 아니면 네가 바라는 걸 말해줘도 좋

아… 내가 들어줄 테니까……

―정말요? 지지가 외쳤다.

그는 마치 피로에 짓눌린 것처럼 어깨를 축 늘어트린 채 고개를 끄덕였다. 질베르트는 놀란 채로 피로와 고통으로 가득 찬 가스통의 반응을 바라보았다.

— 아저씨, 할머니한테 제 인생을 책임져 주시겠다고 말씀하셨죠.

— 아주 멋진 인생을 주겠다 했지. 라사이유 씨가 결연히 말했다.

— 제가 그러한 약속을 원한다면 멋진 일이 되겠지요. 제가 나이에 비해 어린 태가 난다고 사람들에게 귀에 못이 박히도록 들어왔어요. 그렇지만 아저씨의 약속이 무슨 뜻인지는 알아요. 제 인생을 책임지신다, 그 말은 제가 이 집에서 나가야 한다는 말이겠지요. 여기서 아저씨와 함께 나가서, 아저씨의 침대에서 자야 한다는 걸…… 질베르트도 지지 않고 말했다.

— 그만 하렴, 지지야……

질베르트는 그가 정말로 간절한 어조로 부탁을 하였기에 말을 멈추었다.

― 하지만, 아저씨. 무슨 이유로 제가 아저씨한테 이런 말을 하는 걸 거북하게 생각하겠어요, 아저씨는 우리 할머니에게 거리낌 없이 그 이야기를 하셨잖아요? 할머니 역시 제게 그런 얘기를 하는 걸 주저하지 않으셨고요. 할머니께서는 제가 그저 좋게 생각하기만을 원하셨어요. 하지만 저는 할머니가 제게 말씀해주신 것보다 더 많은 걸 알고 있어요. 아저씨가 제 인생을 책임지시는 순간부터 제 얼굴은 신문에 실려야 할 것이고, 꽃 축제와 도빌의 경마장에도 가야 한다는 것도 잘 알아요. 우리 사이가 틀어진다면, 『질 블라스』나 『파리 아나무르』에 그 이야기가 오를 테고……아저씨가 정말로 나를 버리게 되는 때가 온다면, 아저씨는 장티안 데 세벤에게 했던 것과 같이 행동할 테죠……

― 뭐라고, 네가 그걸 알고 있니? 사람들이 그 이야기까지 너한테 해 줬니?

질베르트는 진지하게 고개를 끄덕였다.

— 할머니랑 알리시아 큰할머니가 말해주셨어요. 아저씨가 세계적으로 유명한 사람이라는 걸 저한테 가르쳐 주시려고요. 저는 마리스 시케가 아저씨한테서 편지들을 훔친 일이나, 아저씨가 그 여자를 상대로 소송을 걸었다는 사실도 알아요. 그리고 아저씨가 이혼한 여자와 결혼하는 것을 원하지 않았다는 이유로 기분이 상한 파리비스키 백작부인이 아저씨에게 권총을 한 발 쐈다는 것도 알아요…… 다른 사람들이 알고 있는 건 저도 알고 있다고요.

라사이유 씨는 질베르트의 무릎 위에 한쪽 손을 얹었다.

— 너와 그런 이야기를 하려는 게 아니란다, 지지야. 그런 일들은 이미 다 끝난 것들이야. 과거지.

— 그럼요, 아저씨. 그 일들이 되풀이되기 전까지는 말이죠. 아저씨가 세계적으로 유명한 게 아저씨 잘못은 아니에요. 그렇지만 저는 유명해질 만한 성격은 못 돼요. 그렇기 때문에, 사양하는 거예요.

치맛자락을 잡아당기면서 질베르트는 무릎 위에

놓인 가스통의 손이 흘러내려 떨어지게 했다.

― 알리시아 큰할머니와 할머니는 아저씨와 같은 생각이실 거예요. 하지만 이 일은 어쨌든 저하고 관련이 있으니까, 저도 한마디 해야 한다고 생각해요. 제가 하고 싶은 말은, 사양하겠다는 거예요.

질베르트는 일어나서 보폭을 크게 하며 걸었다. 가스통 라사이유의 침묵이 질베르트를 신경 쓰게 했는지, 다시 자신의 말을 강조하였다. "맞아요, 저와는 맞지 않아요. 아니에요, 하지만 뭐랄까……!"

― 나는 알고 싶구나. 가스통이 마침내 입을 열었다. 만일 내가 네 마음에 들지 않는다는 걸 그저 내게 감추려고 그러는 건 아닌지 말이야…… 내가 마음에 들지 않는다면, 그냥 그렇다고 말해주면 된단다.

― 그건 아니에요, 아저씨. 아저씨가 맘에 들지 않는 건 아니에요! 아저씨를 볼 때면 즐겁거든요! 그 증거로, 이번에는 제가 아저씨께 제안을 조금 하려고 해요. 항상 그러셨던 것처럼 우리 집에 놀러오세요, 더 자주 말이에요.

아저씨는 우리 가족의 친구니까 누구도 아저씨가 오는 걸 안 좋게 보진 않을 거예요. 감초사탕이나, 제 생일에는 샴페인도 가지고 와요. 일요일에는 피케도 제대로 치고요…… 이거야말로 소소하지만 행복한 삶이 아닐까요? 아저씨 침대에 들어가 잔다든지, 모든 사람들이 그 사실을 안다거나, 진주 목걸이를 잃어버리기도 하며 언제나 사진 찍히고 또 남의 시선을 의식하는…… 그런 게 없는 삶 말이에요.

질베르트는 무의식적으로 코에다 머리카락을 돌돌 말면서 콧소리를 내어 말했고, 코끝은 보랏빛이 되어 있었다.

— 정말 소소하고 행복한 삶이네. 가스통 라사이유가 말을 가로챘다. 그런데 너는 모르는 게 하나 있어, 지야. 그건 내가 너를 사랑한다는 거야.

— 아! 질베르트가 소리쳤다. 그런 말은 한 번도 하지 않았잖아요.

— 그렇지. 그가 머뭇거리며 말했다. 지금 말하고 있잖니.

질베르트는 말없이 달뜨게 숨을 쉬며 그의 앞에 서서 꼼짝 않았다.

당혹감은 질베르트로 하여금 어떠한 모습도 숨기지 못하게 했다. 꽉 끼는 상의 아래 가슴은 두 배로 뛰었으며, 두 뺨 위에는 홍조가 멍처럼 진하게 떠올랐고, 닫혀 있으나 새로운 경험을 위하여 곧 열릴 운명일 입술이 가볍게 떨렸다……

— 그건 다른 문제잖아요! 별안간 질베르트가 외쳤다. 그렇다면 아저씨는 끔찍한 사람이에요! 아저씨는 나를 사랑한다면서, 나를 고통뿐인 삶으로, 모든 사람들이 서로를 욕하고, 신문은 악의 섞인 말만 써내는 그런 삶으로 끌어들이려 하다니…… 아저씨는 나를 사랑한다지만, 결국에는 저를 이별과, 분쟁과, 상도미르 같은 사람들과, 권총과 또 로…… 로다늄 같은 끔찍한 시련들 속에 아무렇지 않게 던져버리려는 것뿐이에요……

질베르트는 거칠게 흐느끼며 발작처럼 나오는 기침처럼 열을 올려 가스통에게 쏘아붙였다. 가스통은 마치 나뭇가지처럼 몸을 굽혀서 두 팔로 질베르트를 감싸 안았으나, 질베르트는 그에게서 빠져나와 피아노와 벽 사이로 도망쳤다.

— 하지만 들어보렴, 지지야…… 내 말을 들어보렴……

— 됐어요! 앞으로 아저씨를 다시 보지 않겠어요! 다시는 아저씨 말을 믿지 않을 거예요…… 아저씨는 저를 사랑하지 않아요. 아저씨는 못된 사람이에요! 우리 집에서 나가요!

질베르트는 두 손 가득 주먹을 쥐고 자신의 눈을 짓눌렀다. 가스통은 질베르트 쪽으로 다가와서는 꽁꽁 싸매고 있는 질베르트의 얼굴에서 입을 맞출 곳을 찾았다. 그러나 그는 눈물로 범벅인 아담한 턱 끝에다가 가까스로 입술을 가져다 댈 수 있었을 뿐이었다. 흐느끼는 소리가 들리자 알바레즈 부인이 달려왔다. 창백한 얼굴의 부인은 조심스러운 나머지 부엌 문간에서 어찌하지 못하고 있었다.

— 세상에, 가스통 씨, 부인이 말했다. 도대체 우리

애가 왜 저러나요?

— 그게, 라사이유 씨가 말했다. 지지가 원하지 않는다네요!

— 원하지 않다고… 알바레즈 부인이 되뇌었다. 아니, 원하지 않는다고요?

— 그렇대요. 원하지 않대요! 저는 분명하게 말했습니다.

— 싫어요. 난 원하지 않아요! 지지가 마치 병아리처럼 짹짹대며 울었다.

알바레즈 부인은 다소간 걱정에 사로잡혀 손녀를 바라보았다.

— 지지야…… 그래 봤자 너에게 무슨 도움이 되겠니! 지지, 너에게 그렇게 너에게 말해주었거늘…… 가스통 씨, 하늘에 맹세하는데 이 아이에게 그토록 설명했는데도……

— 아주머니께서 너무 많이 말씀해주셨나 보네요! 라사이유 씨가 소리쳤다.

그는 사랑에 빠져 괴로워하는 가엾은 남자의 얼굴을 하고 지지를 바라보았으나, 지지는 우는 까닭에 들썩이는 왜소한 등과 산발이 된 머리카락만 보여줄 뿐이었다. 그는 거칠게 소리쳤다.

— 아! 이제 지긋지긋해! 그는 문을 거세게 닫고 떠나버렸다.

※
＊＊

다음날 속달우편을 받은 알리시아 큰할머니가 오후 세 시에 자신의 자가용 마차를 타고 와서는 마치 심장병 환자의 호흡곤란을 흉내 내듯 헐떡이며 알바레즈 부인의 집까지 계단을 올랐다. 알리시아는 알바레즈 부인이 잠그지 않고 살짝 열어놓은 현관문을 슬그머니 열었다.

— 지지는 어디 있니?

— 방에 있어요, 보려고요?

— 있다가 보지. 애는 어떠니?

— 많이 차분해졌어요.

알리시아는 마치 화가 난 것처럼 작은 주먹을 들어올렸다.

— 차분해졌다고! 사람 억장을 무너지게 해 놓고는 저 혼자 차분하게 있다고! 도대체 요즘 것들은 정신머리가 어떻게 되어 먹은 거냐!

알리시아는 물방울무늬 면사포를 들어 올린 다음

동생을 쏘아보며 호통 쳤다.

— 그리고 너는, 도대체 거기 가만히 서서 뭘 어쩌겠다는 거냐?

노발대발하여 얼굴이 붉어진 알리시아는 동생의 희고 큰 얼굴을 금방이라도 잡아먹을 듯이 노려보자, 알바레즈는 차분하게 응수하였다.

— 내가 뭘 한다는 말이에요? 그 애를 끈으로 묶어 두기라도 할까요?

알바레즈는 살집 있는 두 어깨를 들어 올리며 긴 한숨을 내쉬었다.

— 사람들은 저더러 아이를 보살필 능력이 없는 여자라고 하겠죠.

— 이제 와서 후회한들 어쩌냐……! 라사이유 씨는 이미 제정신이 아닌 상태로 이 집을 떠났잖니!

— 자기 모자도 두고 말이에요. 알바레즈 부인이 말했다. 맨 머리로 차를 타러 나갔잖아요. 길거리의 모든 사람들이 그 모습을 봤을 텐데!

― 지금쯤 그 사람이 약혼을 했다거나 아니면 리안과 재회했다는 말을 사람들이 해도 그 사람 상태를 생각하면 놀랄 일이 아니지…

― 그 아이 운명이 결정되는 순간인데. 알바레즈 부인이 맥이 빠진 채 말했다. 저 한심한 아이에게 그 사람이 뭐라고 말을 했을까?

알바레즈 부인은 입술을 뜯었다.

― 지지가 약간은 정신 나간 행동을 하고 또 제 나이와 다르게 어린 티가 난다고 해서 네가 말하는 것처럼 걱정할 만한 건 아니다. 라사이유 씨의 관심을 집중시킨 것에서부터 그 아이는 이미 한심한 아이가 아니게 된 것이지.

알리시아가 화가 나서 어깨를 으쓱대자 검정 레이스가 흔들렸다.

― 자, 자…… 네가 우리 공주님에게 뭐라고 신중하게 조언을 했느냐?

― 이성적인 행동에 대해, 명망 있는 가문에 대해서도 말해줬어요. 우리는 같은 줄로 연결된 사람들이라는

것도 생각해보게 했고요. 자기 자신과 우리들을 위해 그 애가 할 수 있는 것들에 대해서도 설명했고요……

—그렇다면 감성적인 것에 대해서는 말하지 않은 모양이구나? 사랑, 여행, 달빛, 이탈리아 같은 것들은 말해주지 않은 거지? 그런 것도 잘 연결을 시켜서 설명할 줄도 알아야지. 세상의 한쪽 끝에는 스스로 빛을 내는 바다가 있고, 꽃 속에는 벌새가 날아들고, 분수대 옆 치자나무에서는 사랑을 나눈다는 것도 말해줬어야지.

알바레즈 부인은 화가 나서 흥분한 언니를 서글프게 바라보았다.

—그런 얘기는 해줄 수 없었어요, 언니. 나는 모르니까요. 내가 가장 멀리 가본 거라고는 카부르랑 몬테카를로가 전부라고요.

—알아서 꾸며냈으면 됐잖아?

—못 해요, 언니.

둘은 더 이상 말하지 않았다. 알리시아는 결심한 듯한 몸짓을 보였다.

— 우리 아가를 불러와라. 내가 봐야겠다.

— 질베르트가 들어오자, 알리시아 큰할머니는 경망스러운 할머니의 상냥한 태도를 되찾고는 턱 가까이 옷깃에 꽂혀 있었던 홍차 빛깔의 장미 향기를 맡고 있었다.

— 안녕, 지지야.

— 안녕하세요, 알리시아 큰할머니.

— 이네스가 할머니한테 뭐라고 했는지 아니? 너를 좋아하는 사람이 생겼다면서? 좋아하는 사람이라니! 처음인데도 아주 실력이 좋구나!

질베르트는 고개를 끄덕이며 할머니의 말을 믿지 않으면서도 체념한 듯한 가벼운 미소를 지었다. 알리시아의 과장된 호기심에 질베르트의 순진무구한 얼굴이 드러났다. 눈꺼풀의 푸르스름한 흔적과 붉은 빛으로 달뜬 입술이 마치 화장처럼 보였다.

조금이라도 열을 식히려고 관자놀이 위로 머리카락을 두 개의 빗으로 고정시켜 올려둔 까닭에 눈꼬리가 당겨져 있었다.

— 네가 못되게 굴어서 라사이유 씨의 마음을 할퀴려고 했다며? 잘했다, 우리 아가!

질베르트는 의심 섞인 눈초리로 큰할머니를 올려다보았다.

— 그래, 잘했다! 그래도 네가 상냥한 모습으로 돌아온다면 그 사람은 더 기뻐할 거다.

— 하지만 지금도 상냥한 걸요, 할머니. 그저 원하지 않는 것뿐이에요. 그게 다예요.

— 그래, 그래. 알고 있다. 그리 해서 네가 그 사람을 설탕공장으로 돌려보냈지. 장하다. 그래도 그 사람을 지옥으로 보내지는 말거라. 정말 지옥으로 갈 수도 있으니 말이다. 정리하자면 너는 그 사람을 사랑하지 않는 거지?

질베르트는 아이처럼 어깨를 으쓱였다.

— 아뇨, 할머니. 아저씨를 좋아해요.

— 내 말이 맞다. 너는 그 사람을 좋아하지 않아. 그렇다고 나쁠 건 없다. 그 덕분에 너는 자유롭게 될 테니까. 아! 만약에 네가 그 사람에게 완전히 반해버렸다면 할

머니는 오히려 무척 걱정했을 거야. 라사이유 씨는 건강하게 생긴 미남인데다 체격도 좋잖니. 네가 도빌에서 수영복을 입고 찍은 그 사람 사진을 봤었다면…… 그런 조건 때문에 그 사람이 유명한 거란다. 그래, 너를 불쌍하게 여겼을지도 몰라, 가엾은 지지. 사랑에 완전히 빠져버려서…… 둘이서 세상의 반대편 끝으로 가서…… 모든 것을 잊어버리고 자신이 사랑하는 남자의 품에서 영원한 봄날에 파묻힌 채 사랑의 노랫소리를 듣는…… 이런 것들을 생각하면 어떤 생각이 드니? 네 생각은 어때?

― 영원한 봄날이 끝나버리면, 라사이유 아저씨가 저를 떠나 다른 여자로 갈 거란 생각이 들어요. 어쩌면 그 여자가 라사이유 아저씨를 떠나는데, 그게 제가 될 수도 있죠. 라사이유 아저씨는 모두에게 말하러 가겠죠. 그러면 그 여자는, 역시 제 처지가 되겠지만, 다른 남자의 침대에 누울 수밖에 없을 거고요. 저는 원하지 않아요. 저는 마음이 쉽게 바뀌는 사람이 아니에요.

질베르트는 가슴팍에 팔짱을 끼고는 가볍게 몸을

떨었다.

— 할머니, 약 좀 주실래요? 침대에 누워야겠어요, 추워요.

— 멍청한 것, 알리시아 큰할머니가 소리쳤다. 너는 조그만 옷가게나 하는 게 팔자에 맞겠다! 됐다, 가서 심부름꾼이랑 만나 결혼이라 해라!

— 할머니가 원하신다면요, 하지만 지금은 침대에 눕고 싶어요.

알바레즈 부인이 질베르트의 이마에 손을 대었다.

— 아프니?

— 아뇨, 할머니. 그냥 슬퍼서 그래요.

질베르트는 알바레즈 부인의 어깨에 머리를 기대고는 난생 처음으로 마치 어른이 된 여자처럼 비탄에 잠겨 눈을 감았다.

두 자매는 서로를 마주보았다.

— 너도 잘 알겠지, 지지야. 알바레즈 부인이 말했다. 그렇게까지 너를 고생시키고 싶은 생각은 없단다. 네가

원하지 않는다면……

― 끝난 건 끝난 거예요. 알리시아가 무뚝뚝하게 대꾸했다. 한평생 그 얘기만 할 수는 없잖아요.

― 나중에 우리한테 왜 너를 설득하지 않았냐고 대들지나 말거라. 왜 적극적으로 말리지 않았느냐고. 알바레즈 부인이 말했다.

― 물론이죠, 할머니. 그래도 전 슬퍼요.

― 왜?

눈물 한 방울이 솜털로 뒤덮인 질베르트의 뺨 위로 또르르 흘러내렸다. 질베르트는 대답하지 않았다. 갑자기 방울 소리처럼 울리는 초인종에 질베르트는 놀라서 펄쩍 뛰었다.

― 오! 분명 아저씨일 거예요. 질베르트가 말했다. 아저씨예요…… 할머니, 아저씨를 보고 싶지 않아요. 저를 숨겨주세요, 할머니…

진지하고도 간청하는 어조에 알리시아 큰할머니는 가냘픈 얼굴을 들어 올려 노련하게 귀를 기울였다. 그리고는 달려 나가 현관문을 열고 재빨리 돌아왔다. 파리한 안색에 눈이 붉게 충혈된 가스통 라사이유가 따라 들어왔다.

— 안녕하세요 아주머니. 안녕 지지. 그는 짐짓 경쾌한 어조로 말했다. 신경 쓰지 마세요, 모자를 다시 가져오려고 왔으니까요……

세 여자 중 누구도 대답하지 않았다 가스통은 의기소침해졌다.

— 그래도, 뭐, 제가 한 마디 정도는 할 수 있잖아요. 비록 안녕이라는 말이라도요!

질베르트가 한 발짝 앞으로 나갔다.

— 아니에요, 질베르트가 말했다. 아저씨는 모자를 가지러만 온 게 아니에요. 또 다른 모자를 손에 쥐고 계시잖아요. 모자는 중요하지 않은 거죠. 아저씨는 또 다시 나를 괴롭히려 온 거예요.

— 얘야! 알바레즈 부인이 소리쳤다. 정말로 들어줄 수가 없구나. 무슨 말이니, 지지야. 착한 마음으로 이야기를 들으러 오신 분한테……

— 잠시만요 할머니. 일 분이면 돼요.

질베르트는 무의식적으로 치마를 잡아당기고 벨트의 버클을 매만지고는 가스통 쪽으로 다가갔다.

— 생각해봤어요, 아저씨. 아주 많이 생각해봤는데요……

그가 차마 듣기 힘든 말을 들을까봐 질베르트의 말을 가로막았다.

— 내 맹세하지만, 지지야……

— 아니에요, 맹세는 하지 마세요. 제가 생각해봤는데 아저씨 없이 불행하느니 불행하더라도 아저씨와 함께하고 싶다는 거예요. 그러니까……

질베르트는 두 번이나 말을 더듬었다.

— 그러니까…… 안녕하세요…… 어서오세요, 가스통 아저씨.

질베르트는 평소와 같이 그에게 뺨을 내밀었다. 그는 평소보다 더 오래 질베르트를 껴안았다. 질베르트의 긴장한 몸이 그의 품 안에서 움직이지 않고 부드러워지기까지. 알바레즈 부인이 그들을 껴안고 싶어 하는 눈치였으나, 초조해진 알리시아가 가녀린 손으로 제지하였다.

— 놔두렴. 더 이상 끼어들지 마라. 우리가 끼어들 때가 아니잖니?

알리시아는 라사이유 씨의 어깨 위에 놓인, 풍성한 머리카락 틈에 드러난 지지의 안심한 표정을 가리켰다.

행복에 겨운 남자는 알바레즈 부인 쪽으로 몸을 돌렸다.

— 아주머니, 지지를 향한 저의 청혼을 받아 주시어 제가 영광과 은혜, 그리고 영원한 기쁨을 얻는 것을 허락해 주시겠습니까……

작 가 연 표

1873년　1월 28일 생소뵈르앙퓌제에서 출생
1892년　파리 체류 기간 동안 윌리를 만남
1893년　윌리와 결혼
1894년　윌리의 불륜 사실을 알게 됨
1900년　윌리의 이름으로 『클로딘 학교 가다』 출간
1901년　윌리의 이름으로 『클로딘 파리에 가다』 출간
1902년　윌리의 이름으로 『클로딘의 결혼 생활』 출간
1903년　윌리의 이름으로 『클로딘 떠나다』 출간
1904년　윌리의 이름으로 『민』 출간, 콜레트의 이름으로 「동물들의 대화」 출간
1905년　윌리의 이름으로 『민의 방황』 출간, 조르주 바그에게 마임 수업을 들음
1906년　윌리와의 관계 악화로 별거 시작, 마임극 〈욕망, 사랑 그리고 공상 Le Désir, l'amour et la chimère〉에 출연
1907년　「쓸쓸한 은거 La Retraite sentimentale」 출간, 첫 소설인 「포도원의 덩굴 Les Vrilles de la vigne」 발표
1909년　『자유분방한 여인 L'Ingenue libertine』 출간
1910년　윌리와 이혼, 그해 12월 앙리 드 주브넬을 알게 됨, 『방랑하는 여인 La Vagabonde』가 공쿠르 상 후보작에 오름
1911년　『방랑하는 여인』 출간, 〈육신 La Chair〉 공연을 위해 제네바와 로잔을 순회
1912년　앙리 드 주브넬의 아이를 임신한 상태에서 앙리와 결혼
1913년　『족쇄 L'Entrave』 출간, 콜레트 드 주브넬 출산, 콜레트의 오빠 아실이 암으로 파리에서 사망
1914년　앙리가 제23보병연대에 징집, 파리에 남은 콜레트는 병원으로 징발된 고등학교에서 전쟁 부상자를 철야로 간호함, 그해 12월 베르됭에서 앙리와 재회
1915년　로마와 베네치아 여행
1917년　『기나긴 시간 Les Heures longues』, 「폐허 속의 아이들 Les Enfants dans les ruines」 발표
1919년　《르마탱 Le Matin》의 문학부장으로 지명
1920년　『셰리』 발표, 레지옹 도뇌르 슈발리에 서훈
1921년　레오폴드 마르쇼와 함께 『셰리』 연극 각색

1922년 베르트랑 드 주브넬과 생소뵈르 여행, 『클로딘의 집*La Maison de Claudine*』 발표, 〈셰리〉 100회연 기념으로 콜레트가 레아 역으로 분함, 베르트랑과 함께 알제리 여행, 『청맥*Le Blé en herbe*』를 르마탱 지에 발표
1923년 『방랑하는 여인』 연극 각색, 앙리와 별거, 베르트랑과 동거
1924년 르마탱 지를 떠나 《르피가로*Le Figaro*》로 이적
1925년 모리스 구드케를 알게 됨, 구드케와 프로방스에서 휴가
1926년 『셰리의 최후*La Fin de Chéri*』 발표, 생트로페 인근의 휴가용 건물을 구입하여 여름을 그곳에서 보냄
1928년 『빛의 탄생*La Naissance du jour*』 발표, 레지옹 도뇌르 오피시에 서훈
1929년 『라 르뷔 드 파리*La Revue de Paris*』에서 공연비평 활동, 앙리가 코레즈 선거구의 상원의원으로 재선
1930년 『시도*Sido*』 출간
1931년 윌리 사망, 실족으로 인해 비골 골절, 그랭구아르 지에 「기쁨들*Ces plaisirs*」 게재
1932년 친구의 조언으로 미로메닐 가에 미용실 개점, 앙리가 주이탈리아 프랑스 대사로 임명됨
1933년 『암고양이*La Chatte*』 발표
1935년 모리스 구드케와 결혼, 뉴욕으로 짧은 여행, 앙리 사망
1936년 아나 드 노아이유의 자리를 계승하여 벨기에 왕립 언어문예 아카데미에 입회
1938년 보졸레 가 9번지에 완전히 정착하여 죽을 때까지 거주함
1940년 코레즈로 피란, 9월에 파리로 복귀
1941년 「쥘리 드 카르네이양」 연재, 12월 모리스 구드케가 게슈타포에 의해 체포
1942년 모리스 구드케 석방
1943년 신체 움직임이 어려워짐
1944년 「지지」 발표
1945년 만장일치로 아카데미 공쿠르 입회
1946년 「개밥바라기 별*L'Étoile Vesper*」 발표, 제네바 정양
1947년 두 번째 제네바 정양, 신체부자유 장애 판정
1951년 오드리 햅번 주연으로 〈지지〉 브로드웨이 초연
1954년 8월 3일 사망, 7일 공화국 최초 여성으로 국장 거행

이 책의 탄생을 위해 도움 주신 후원자 여러분

가을잠	김양호	박서영	이경화	임아람	최재은
경 도	김영롱	박은정	이다희	위재하	표한솔
고아미	김예지	박재연	이덕원	장현유	풍영현
고 은	김윤지	박준우	이도이	전하은	프사마테
공채연	김은혜	박현진	이소민	정은아	한우리
기승국	김정아	박효원	이소정	정이삭	한지영
김가람	김지은	박희정	이예림	정하선	허영수
김나현	김진주	백지희	이우열	정형아	홍현정
김남호	김혜진	서병준	이우현	정혜윤	황지원
김남희	남상준	신은희	이은미	조국신	Étienne
김도연	노송이	신지은	이음서가	조예영	sandwich
김민서	노희정	안지영	이정란	조혜빈	
김민희	류한나	안현주	이정윤	조효은	
김보미	민슬기	오수아	이진주	지동섭	
김보빈	박근우	유가은	이희연	천유진	
김소슬	박기범	유보희	인지영	최다영	익명의
김수린	박빛나	윤초롬	임수영	최윤경	후원자들

Première édition : 1000 exemplaires

Impressione : Yeongshinsa
à Paju, le 11 novembre 2025
1ᵉʳ dépôt légal : novembre 2025

ISBN 979-11-979167-7-9 / Imprimé en Corée du Sud.